Machen Sie meine homogenisiert

Rick Raphael

Writat

Diese Ausgabe erschien im Jahr 2023

ISBN: 9789359255941

Herausgegeben von
Writat
E-Mail: info@writat.com

MACHEN SIE MEINE HOMOGENISIERT

Von RICK RAPHAEL

„HOO", rief Hetty Thompson und wedelte mit ihrem ramponierten alten Filzhut in Richtung der gackernden Hennenhaufen, die um ihre Beine wirbelten, während sie sich durch die Herde zum Hühnerstall pflügte. „Scat. Du, Solomon", rief sie und richtete ihre Worte auf den wackelnden Kamm des großen Hahns, der am Rande der Menge stolzierte. „Steh nicht einfach da wie ein zufriedener Kuhhirte nach einer Nacht in Reno. Schafft mir diese lauten Weibchen aus dem Weg." Sie schlug auf die Hühner ein, und sie zerstreuten sich mit wütendem Protestschrei.

Hetty blieb in der Tür des Hühnerstalls stehen, damit sich ihre Augen an die kühle Dunkelheit nach dem hellen Glanz des Ranchhofs gewöhnen konnten. Sie spürte, wie sich unter dem Hemd des Mannes, das sie trug, die ersten Schweißtropfen bildeten, als die heiße Morgensonne Nevadas im Türrahmen auf ihren Rücken brannte.

Sie bewegte sich vorsichtig, aber schnell durch die Nester und tastete nach den Eiern, von denen sie wusste, dass sie im verstreuten Stroh zu finden waren. Während sie jeden Fund sorgfältig in den Eimer legte, den sie trug, zählten ihre Lippen lautlos. Als sie fertig war, richtete sie sich auf und verließ den Hühnerstall. Auf ihrem Gesicht spiegelte sich eine leichte Verärgerung wider.

Wieder wirbelten die Hühner um sie herum und hofften auf die Handvoll gebrochenen Mais, die sie ihnen normalerweise zuwarf. Auf der anderen Seite des Hofes schritt Solomon majestätisch am Rand des Gemüsegartens entlang, ohne die Hacklinie zu überschreiten, die den Garten vom Hof trennte.

„Du bleibst besser da drüben, du unbedeutender Lothario", knurrte Hetty. „Fünf Eier fehlen heute Morgen und du benimmst dich nur so, als wärst du nur der Handelsvertreter für diese Gruppe von Flüchtlingen aus einem Knödeltopf." Solomon legte den Kopf schief und starrte Hetty an. Sie blieb am Fuß der Verandatreppe stehen und warf dem Hahn eine letzte Bemerkung zu. „Wenn Sie es nicht besser machen, landen Sie wahrscheinlich selbst in diesem Topf." Solomon gluckste verächtlich. „Besser noch, ich hole mir hier einen jungen Hahn und übernehme deinen Job." Solomon stieß einen Schrei aus, rannte los und trieb drei Hühner vor sich her zum Hühnerstall.

Mit einem zufriedenen Lächeln des Triumphs stieg Hetty die Stufen hinauf und ging zur Küchentür. Sie drehte sich um und blickte zurück über den Hof zur Scheune und den Ställen.

„ Barneeeeey ", schrie Hetty. „ Bist du mit dem Melken noch nicht fertig?"

„Komm jetzt, Miz Thompson", kam die Antwort aus der Scheune. Hetty ließ die Fliegengittertür hinter sich zufallen, als sie in die Küche ging und den Eimer mit Eiern auf den großen Arbeitstisch stellte. Sie hatte ihren Arm erhoben, um sich am Ärmel ihres Hemdes die feuchte Stirn abzuwischen, als sie das goldene Ei entdeckte, das in der Mitte der anderen im verzinkten Eimer lag.

Sie erstarrte mehrere Sekunden lang in der Position mit erhobenem Arm und starrte auf das matt leuchtende Ei. Dann streckte sie langsam die Hand aus und hob es auf. Es war etwas schwerer als ein normales Ei, aber abgesehen von der matten, goldbronze-metallischen Optik der Schale sah es genauso aus wie alle anderen rund zwanzig Eier im Eimer. Sie hielt es immer noch in ihrer Handfläche, als die Küchentür erneut zuschlug und der Handwerker ins Zimmer humpelte. Er trug zwei Eimer Milch durch die Küche und stellte sie neben der Spüle ab.

„ Wascha „ Sehen Sie sich das an, Miz Thompson?", fragte Barney Hatfield.

Hetty blickte stirnrunzelnd auf das Ei in ihrer Hand, ohne zu antworten. Barney hinkte um den Tisch herum, um genauer hinzusehen. Sonnenlicht, das durch die Küchenfenster fiel, glitzerte auf der Schale des einen oder anderen Eies. Barneys Augen wurden größer. „ Ist das doch etwas?", flüsterte er voller Ehrfurcht.

Hetty zuckte zusammen, als hätte jemand vor ihren starrenden Augen mit den Fingern geschnippt. Ihr normaler Ausdruck praktischer Zweifel kehrte zurück.

„Huh", schnaubte sie. „Habe mich sogar für eine Sekunde getäuscht. Mit diesem Ei stimmt etwas nicht, aber es schießt auf jeden Fall, das ist kein Gold . Eine dieser Narrenhühner muss im Düngerlagerraum gepickt haben und sich eine Überdosis einiger dieser Mineralien darin eingefangen haben Sachen.

„Worauf starrst du, du alter Idiot?" Sie warf Barney einen bösen Blick zu. „Es ist kein Gold." Hetty legte das Ei neben den Tisch. Sie ging zur Spüle, nahm eine saubere Zwei-Gallonen-Milchkanne von der Abtropffläche und stellte sie in die Spüle, um sie aus den Eimern mit reichhaltiger, schaumiger Milch zu füllen, die Barney in die Eimer gebracht hatte.

„Sally ist heute Morgen frisch gekommen, Miz Thompson", sagte er. „Habe sich ein wirklich schönes kleines Bullenkalb besorgt."

Hetty blickte auf die beiden Eimer Milch. „Na, wo ist dann der Rest der Milch?"

„Das ist Queenies Milch", sagte Barney. „Sally's ist immer noch draußen auf der Veranda."

„Nun, bringen Sie es herein, bevor die Sonne es zertrümmert."

„Das geht nicht", sagte Barney.

Hetty drehte sich um und funkelte ihn an. „Was soll das heißen, du kannst nicht? Du bekommst plötzlich Rotz?"

„ Nein , es ist nur so, dass Sallys Milch nicht gut ist ", antwortete er.

Ein Stirnrunzeln breitete sich auf Hettys Gesicht aus, als sie einen der Milcheimer hochhob und begann, in die Dose im Spülbecken zu gießen. „Was ist daran falsch, Barney? Sally scheint krank zu sein oder so?" Sie fragte.

Barney kratzte sich am Kopf. „Ich weiß es nicht richtig, Miz Thompson. Die Milch sieht in Ordnung aus, oder zumindest fast in Ordnung. Sie ist ziemlich dünn und hat keinen Schaum, wie man es von Milch erwarten würde. Aber im Großen und Ganzen ist sie auf jeden Fall nicht in Ordnung. " Es riecht nicht richtig und es schmeckt verdammt gut.

„ *Phooey.* " Er verzog das Gesicht, als er sich an den Geschmack erinnerte. „Ich steckte meinen Finger hinein, als es irgendwie seltsam aussah, und probierte es. Es schmeckte lausig."

„Wahrscheinlich hast du dein räudiges altes Pferd gestriegelt, bevor du zum Melken gegangen bist", schnaubte Hetty, „und hast sein krebsartiges altes Fell an deinen Fingern geschmeckt. Ich habe dir zum letzten Mal gesagt, dass du deine Hände waschen sollst, bevor du zum Melken gehst." Diese Kühe. Ich habe keine achtzehnhundert Dollar für diesen Preis bezahlt, ich habe Guernsey registriert, nur damit du ihr mit deinen schmutzigen Händen Sackfieber gibst.

„Das ist nicht so, Miz Thompson", rief Barney empört. „Das habe ich auch getan, ich habe meine Hände gewaschen. Auch gut. Ich war heute Morgen nicht in der Nähe meines Pferdes. Die Milch war einfach nicht gut."

Hetty war damit fertig, die Milch in die Dosen zu gießen, und nachdem sie die Dosen in den Kühlschrank gestellt hatte, wischte sie sich die Hände an ihrer Jeans ab und ging auf die Veranda, Barney folgte ihr. Sie beugte sich vor und schnupperte an den beiden Milcheimern, die neben der Tür standen. „ *Puh* ", rief sie, „es riecht wirklich komisch. Gib mir die Schöpfkelle, Barney."

Barney griff nach einem Schöpflöffel, der an einem Nagel neben der Küchentür hing. Hetty kippte eine kleine Menge Milch heraus, nippte, richtete sich mit einem Ruck auf und spuckte die Milch in den Hof. „ Yaawwwk ", stotterte sie, „das schmeckt schlimmer als Dieselöl."

Sie starrte angewidert auf die wirbelnde, flach aussehende Flüssigkeit in den Eimern und wandte sich dann wieder der Küche zu. „So etwas habe ich noch nie gesehen", rief sie. „Hühner kommen mit einer Art erbärmlich aussehendem Ei heraus, und jetzt, am selben Morgen, gibt ein für 1800 Dollar registrierter, frischer Guernsey Quatsch statt Milch aus." Nachdenklich blickte sie über den Hof auf die fernen Berge, die jetzt in der heißen Vormittagssonne schimmerten. „Ich schätze, wir könnten die Schweine mit dieser Milch ausspülen, anstatt sie wegzuwerfen, Barney. Ich habe noch nie etwas gesehen, was die Durocs nicht fressen würden. Wenn du bereit bist, die andere Brühe in den Kocher zu geben, wirf die Milch hinein." und koche es für die Schweine.

Hetty ging zurück in ihre Küche und Barney drehte sich um und humpelte über den Hof zum Traktorschuppen. Er zog die Krempe seines schweißbefleckten Stetson über die Augen und blinzelte nach Süden über die Hitze tanzenden Salbei- und kargen Graslandschaften der Circle-T-Bergkette. Staubteufel drehten in der dunstigen Ferne Pirouetten in Richtung der Berge und bildeten einen Korridor, der zur Ranch führte. Eine unbefestigte Straße führte aus dem Hof und kreuzte etwa fünf Meilen südlich der Ranch eine geölte Kreisstraße. Die Kreisstraße war nun die einzige Verbindung des Circle T zu den Viehverschiffungsställen in Carson City. Die unbefestigte Straße führte pfeilschnell nach Süden über die Bergkette, aber fünfzehn Meilen von der Ranch entfernt schnitt ein sechssträngiger, neuer Stacheldrahtzaun die Straße ab. Auf einem weißen Metallschild mit erhabenen Buchstaben stand: „Straße gesperrt. Militärreservat der US-Regierung. Sperrgebiet. Gefahr – Peligre . Fernhalten."

Die gespannten Drahtbänder erstreckten sich östlich und westlich der Straße über mehr als zwanzig Meilen in jede Richtung, wobei alle fünfhundert Meter Kopien des Metallschilds am Zaun hingen. Dann wandten sich die Drähte fast hundert Meilen weit nach Süden und zeichneten in hautblasenden, von der Sonne erhitzten Strängen die Umrisse des Atomtestgeländes von Nevada in Frenchman's Flat ein.

Als der Draht zum ersten Mal hochging, hatten Hetty und ihre Ranchnachbarn zum Himmel und zu den hohen Kongressabgeordneten über den Verlust der Straße und des Reviers geschrien. Der Zaun blieb stehen. Mittlerweile hatten sie sich an den Gedanken gewöhnt und waren sogar gleichgültig angesichts der häufigen Atomexplosionen, die den Wüstenboden sechzig Meilen vom Bodennullpunkt entfernt erschütterten.

Barney machte ein Feuer unter dem großen, vom Rauch geschwärzten Kessel, in dem Hetty den Schweinebrei kochte. Dale Hamilton, der Bezirksbeamte, hatte Hetty eine lange Rede über die Gefahren gehalten, die mit der Fütterung der Schweine, rohem, ungekochtem und möglicherweise kontaminiertem Müll, einhergingen. Als Hamilton deutlich wurde, was mit Leuten geschah, die Schweinefleisch von solchen Schweinen aßen, wurde Hetty höflich grün und ließ Barney den Kochkessel aufstellen.

Nachdem er die Küchenrückstände in den Topf geschüttet hatte, schlenderte Barney über den Hof zurück, um die beiden Eimer mit der schlechten Milch zu holen.

Hetty saß am Küchentisch und legte die Eier in Plastikschalen im Kühlschrank, als der Schweinekot mit rauschendem Brüllen explodierte und einen Sekundenbruchteil später ein noch lauterer Knall folgte, der die Ranchgebäude erschütterte. Die Eier flogen durch den Raum, als der Deckel des Kochkessels in einem Schneesturm aus umherfliegenden Glasscherben pfeifend durch das Küchenfenster kam und sich hochkant in der Wand über dem Herd vergrub. Hetty knallte kopfüber rücklings in einen Haufen zerbrochener Eier. Ein Strom aus zerbrochenem Gips und Geschirrsplittern regnete auf ihre fassungslose Gestalt. Mit benommenen Augen sah sie eine violett-rötliche Feuersäule aus dem Hof aufsteigen.

Eine Frau, die dreiundzwanzig Mal von einem Pitching Bronco geworfen und dabei fünf Mal getreten wurde, bleibt nicht lange benommen. Hetty

Thompson kämpfte sich auf die Beine und taumelte zur Küchentür, während sie Eigelb und Gips von ihrem Gesicht tropfte .

„ Barneeey ", schrie sie, „ alles in Ordnung?"

Die Säule aus seltsam gefärbten Flammen war schnell erloschen und nur noch ein paar flackernde Holzstücke vom Kesselfeuer brannten an verstreuten Stellen im Hof. Vom Kessel war nichts zu sehen.

„Barney", rief sie besorgt, „wo bist du?"

„Hier bin ich, Miz Thompson." Barneys geschwärztes Gesicht spähte um die Ecke des Traktorschuppens. „Geht es dir gut, Miz Thompson?"

„Was zum Donnerwetter ist passiert?" rief Hetty. „Sie versuchen, mit Dynamit zum Anzünden ein Feuer zu machen?"

Erschüttert, aber ansonsten unverletzt, hinkte Barney unter Schmerzen zur Veranda des Ranchhauses.

„Fragen Sie mich nicht, was passiert ist, meine Dame ", sagte er. „Ich habe einfach die Milch in den Slop Pot gegossen, dann den Deckel wieder aufgesetzt und bin weggegangen. Ich habe dieses laute „ *Wusch* "gehört und mich gerade noch rechtzeitig umgedreht, um zu sehen, wie der Deckel abflog und der Wasserkocher begann, ins Feuer zu kippen, und dann Es gab eine gewaltige Explosion. Sie hat mich unter dem Traktorschuppen umgehauen." Er kramte in seiner Tasche nach einer Zigarette und zündete sie zitternd an.

Hetty spähte über den Hof, blickte dann auf und schnappte nach Luft. Auf dem Arm der hoch aufragenden Pumpenwindmühle thronte wie ein gewagter Derby-Hut der Slop-Kessel. „ Nun, das werde ich…", sagte Hetty Thompson.

„Bist du sicher, dass du kein Gas in das Feuer gegossen hast, damit es schneller brennt, Barney Hatfield?" Sie bellte den Handwerker an.

„Nein, Siree", deklamierte Barney laut, „in der Nähe des Feuers gab es kein Gas. Das Einzige, was ich ausgeschüttet habe, war die schlechte Milch." Er hielt inne und kratzte sich am Kopf. „Glauben Sie, diese komische Milch hätte das bewirken können, Miz Thompson? Es gibt kein Gas, das so komisch explodiert oder brennt wie das."

Hetty schnaubte. „Wer hat jemals davon gehört, dass die Milch explodiert, du alter Idiot?" Ein Blick des Zweifels breitete sich aus. „Hast du die ganze Milch da rein getan?"

„ Nein , nur der eine Eimer." Barney zeigte auf den anderen Eimer neben der Küchentür, der jetzt halb leer war und in einer Pfütze mit Flüssigkeit stand, die von der Druckwelle herausgeschwappt war. Hetty betrachtete den

Milcheimer eine Minute lang, dann hob er ihn entschlossen auf und ging hinaus auf den Hof.

„Es gibt nur einen Weg, das herauszufinden", sagte sie. „Hol mir eine Blechdose, Barney."

Sie goss etwa zwei Esslöffel Milch auf den Boden der Dose, während Barney einen kleinen Haufen Anzündholz aufsammelte. Hetty stellte den Milcheimer in eine sichere Entfernung, zündete den kleinen Haufen Anzündholz an, stellte die Blechdose auf das brennende Holz und huschte einige Meter davon, um sich zu Barney zu gesellen, der aus der Ferne zugesehen hatte. In weniger als einer Minute ließ ein dröhnendes *Zischen* eine Miniatursäule violetter, gasförmiger Flamme aus der Dose schießen. „ Na ja „Was weißt du darüber?", rief Hetty verwundert aus.

Die Dose war ein paar Meter vom Feuer weggeflogen, explodierte aber nicht. Hetty ging zurück zum Milcheimer, sammelte weniger als einen Teelöffel voll in der Schöpfkelle und ging zum Feuer. Sie stellte sich so weit zurück wie möglich und reichte dennoch über die Flammen, streute vorsichtig ein paar Tropfen der Flüssigkeit direkt ins Feuer und sprang dann zurück. Miniaturbälle aus violetten Flammen schossen aus dem Feuer, bevor sie sich bewegen konnte. Stücke brennenden Anzündholzes flogen in alle Richtungen und eines davon traf Barney im Nacken und ließ einen Funkenregen über seinen Rücken laufen.

Der geschickte Mann stieß einen schmerzerfüllten Schrei aus und sprang zur Tränke neben dem Pferch, während Rauch hinter ihm herzog. Hetty betrachtete nachdenklich den Schauplatz ihres Experiments unter hochgezogenen Augenbrauen. Dann grunzte sie zufrieden, nahm die restliche Milch aus dem Eimer und ging zurück zum Ranchhaus. Barney kletterte tropfend aus der Pferdetränke.

Die Küche war ein Chaos. Alles war mit bespritzten Eiern bedeckt und Glasscherben, Geschirr und Putz bedeckten den Boden, den Tisch und die Theken. Nur ein Ei blieb unversehrt. Das war das goldene Ei. Hetty hob es auf und schüttelte es. Es gab ein schwaches Gefühl, dass sich etwas in der harten, metallisch aussehenden Hülle bewegte. Es zitterte fast wie ein normales Ei, aber nicht ganz. Hetty stellte den seltsamen Gegenstand auf ein Regal und machte sich an die Aufgabe, ihn aufzuräumen.

Johnny Culpepper, der andere Vollzeitarbeiter der Ranch und Hettys stellvertretender Manager, fuhr kurz vor Mittag mit dem Pickup auf den Hof. Er parkte im Schatten der riesigen Pappel neben dem Haus und sprang mit einem Arm voller Post und Zeitungen hinaus. Hinter der Küchentür warf er die Post auf die Anrichte und begann, seinen Hut an einen Wandhaken zu werfen, als ihm der Zustand des Zimmers auffiel. Hetty verteilte duftenden, aufgewärmten Eintopf in drei Mittagsgerichten auf dem Tisch. Sie hatte das Schlimmste beseitigt und sich ein frisches Hemd und Jeans angezogen. Ihr eisengraues Haar war am Hinterkopf zu einem noch feuchten Knoten zusammengebunden, nachdem sie hastig geschrubbt hatte, um die klebrige Mischung aus Eiern und Gips zu entfernen.

„Heiliger Himmel, Hetty", sagte Johnny. „Was ist hier passiert? Ihr Druckkessel ist explodiert ?" Seine Augen weiteten sich, als er den Deckel des Restkessels sah, der immer noch in der Wand über dem Herd verankert war. Sein Blick wanderte zurück und betrachtete das zerbrochene Fenster.

„Hatte einen Unfall", sagte Hetty sachlich und stellte die letzten Gerichte auf den Tisch. „ Erzähl dir davon, wenn wir essen. Jetzt geh dich waschen und ruf Barney an. Ich möchte, dass du heute Nachmittag neues Glas in das Fenster stellst und den kaputten Deckel aus der Wand holst ."

Neugierig und verwirrt wusch Johnny am Spülbecken und ging dann zur Tür, um nach Barney zu rufen. Auf der anderen Seite des Hofes löste Barney die Kupplung der Pumpe und der Windmühle. Während Johnny von der Veranda aus zusah, drehte das Gewicht des schweren Kessels langsam die große Windmühle, und als sich der Arm, der den Kessel schmückte, nach unten drehte, rutschte der gusseiserne Topf ab und fiel mit dröhnendem Klirren auf den harten Boden.

„Nun, für den Luvva Pete", sagte Johnny erstaunt. „Hey, Barney, Zeit zum Essen. Komm rein."

Barney stapfte über den Hof und humpelte in die Küche, um sich zu waschen. Sie setzten sich an den Tisch. „Was habt ihr beiden jetzt gemacht?", wollte Johnny wissen, während sie die mit Essen beladenen Teller in Angriff nahmen.

Zwischendurch erzählten ihm die beiden älteren Leute von den Missgeschicken des Vormittags. Je mehr Johnny hörte, desto wilder klang es. Johnny war seit seinem zehnten Lebensjahr Teil des Circle T. Das war das Jahr, in dem Hetty ihn einem Polizisten aus Carson City aus der Hand riss, der gerade dabei war, den zerlumpten und schmutzigen Jungen zum Bahnhofsgebäude zu schleppen, weil er in einem Lebensmittelladen eine Schachtel Kekse geklaut hatte . Johnnys Mutter war tot und sein Vater, einst der beste Mechaniker der Stadt, hatte sich zum besten Trinker der Stadt entwickelt.

Während sein Vater einmal schlief, entweder in der Hütte, die der Mann und der Junge am Rande der Stadt bewohnten, oder im örtlichen Gefängnis, tobte Johnny wild.

Hetty nahm den Jungen aus zwei Gründen mit auf die Ranch. Hauptsächlich war es der leere Schmerz in ihrem Herzen seit dem Tod von Big Jim Thompson ein Jahr zuvor, nachdem ihm bei einem Traktorunfall auf der Ranch die Brust zerquetscht worden war. Das andere war ihre gut versteckte Enttäuschung darüber, kinderlos gewesen zu sein. Hettys schroffe, verwitterte Gesichtszüge ließen weder Einsamkeit noch Kummer zu. Unter der Oberfläche galt all die Wärme und Liebe, die sie dem verängstigten, aber streitlustigen Jugendlichen entgegengebracht hatte . Aber sie zeigte nie viel Zuneigung, bis Johnny Teil ihres Lebens wurde. Johnnys Vater starb im darauffolgenden Winter an einer Lungenentzündung, die er sich dadurch zugezogen hatte, dass er während eines Schneesturms eine Nacht lang betrunken in der kalten Hütte gelegen hatte. Im ganzen Landkreis wurde ohne rechtliche Formalitäten akzeptiert, dass Johnny automatisch Hettys Sohn wurde.

Sie legte ihm Handschellen an und tröstete ihn in eine schlaksige, fröhliche Jugend, brachte ihn durch die High School und schickte ihn dann, mit achtzehn, an die University of California in Davis, um zu lernen, was die Experten des US-Landwirtschaftsministeriums über Tiere zu sagen hatten Haltung und Ranchmanagement.

Als Hetty und Barney ihre Rezitation beendet hatten, wirkte Johnny offen ungläubig. „Wenn ich euch beide nicht besser kennen würde, würde ich sagen, dass ihr beide in meiner Abwesenheit die Bourbon-Flasche getrunken habt. Aber das muss ich mir ansehen."

Sie beendeten das Mittagessen und marschierten, nachdem Hetty das Geschirr in die Spüle gestapelt hatte, auf die Veranda, wo Johnny die gleiche Untersuchung der Milch durchführte. Wieder wurde in der offenen Sicherheit des Hofes ein kleines Feuer angezündet und ein paar Tropfen der Flüssigkeit verwendet, um die gleichen farbenfrohen Verbrennungseffekte zu erzeugen.

„Nun, was weißt du schon", rief Johnny, „eine Guernsey-Kuh mit vierhundert Oktan!"

Johnny löschte das Feuer und trug den Milcheimer zum Traktorschuppen. Er stellte die Milch auf einer Werkbank ab und sammelte einen Arm voller Werkzeuge ein, um die von der Explosion zerrissene Küche zu reparieren. Er wollte gehen, aber als ihm der Milcheimer ins Auge fiel, lud er die Werkzeuge aus und kramte unter der Werkbank nach einem leeren 5-Gallonen-Benzinkanister herum. Er schüttete die restliche Milch in den verschlossenen Benzinkanister und setzte den Deckel wieder auf. Dann nahm er sein Werkzeug und eine Glasscheibe aus einem Regal an der Decke und machte sich auf den Weg zum Haus.

Hetty kam in die Küche, als er am Kesseldeckel in der Wand herumstocherte.

„Du wirst ein noch schlimmeres Chaos anrichten, bevor du fertig bist", sagte sie, „also lasse ich dich einfach ausreden und räume danach das ganze Chaos auf. Ich habe sowieso andere Dinge zu tun."

Sie steckte einem Mann den alten Filzhut auf den Kopf und verließ das Haus. Barney lud die letzten Vorräte, die Johnny von Carson mitgebracht hatte, in den Lastwagen. Hetty schützte ihre Augen vor dem metallischen Glanz der Nachmittagssonne. „ Es wird ziemlich trocken, Barney. Wirf ein paar Salzblöcke in den Pickup und ich fahre damit zur Südweide und schaue, ob die Pumpen eingeschaltet werden müssen."

„Und Sie könnten die Windpumpe in Gang setzen, falls wir später am Nachmittag eine leichte Brise bekommen. Aber auf jeden Fall ist es besser, die Gartenpumpe etwa eine Stunde lang laufen zu lassen und etwas Wasser in den Tank zu bringen. Ich komme wieder." Sobald ich einen Ausritt über die Weide mache, möchte ich sehen, wie es dem Angus-Jährling geht, den ich mir als Hausrind ausgesucht habe."

Ein paar Minuten später verschwand Hetty im Pickup hinter einem heißen Wirbel aus gelbem Staub. Barney schlenderte zum kühlen Pumpenhaus unter der hoch aufragenden Windmühle. Ein Elektromotor, der entweder von der REA-Leitung oder von Gleichstrom angetrieben wird, der in einer Reihe von Nasszellenbatterien gespeichert ist, war in dem kleinen Schuppen groß untergebracht. Auf der linken Seite lieferte ein kleiner benzinbetriebener Generator Notstrom, falls kein Wind wehte, um den armbetriebenen Generator anzutreiben, oder wenn die Leitungen ausfielen, was im Winter oft der Fall war.

Barney legte den Schalter um, um den Pumpenmotor zu starten. Nichts ist passiert. Er griff nach dem Lichtschalter, um die einzelne Glühbirne zu testen, die an einer Schnur an der Decke hing. Gleiches nichts. Er murmelte düster vor sich hin, tauschte die Pumpenmotorkabel gegen Gleichstrom aus und schloss den Schalter zur Batteriebank. Der Motor quietschte und heulte langsam, aber als Barney die Kupplung betätigte, um die Pumpe anzutreiben, blieb er stehen und summte nur noch schwach. Dann öffnete er den AC-Sicherungskasten.

Johnny hatte den Kesseldeckel gelöst und war gerade dabei, Glassplitter aus dem Küchenfensterrahmen zu schlagen, bevor er das neue Glas einsetzte, als Barney ins Zimmer hinkte.

elektrische Leitung des Pumpenhauses kaputt gemacht , Johnny, als es losging", sagte er. „Miz Thompson möchte etwas Wasser hochpumpen und außerdem sind die Batterien leer. Haben Sie Zeit, die Leitung zu reparieren?"

Johnny hielt inne und betrachtete die Küche. „Ich werde sowieso noch eine Stunde hier arbeiten, damit Hetty aufräumen kann, wenn sie zurückkommt. Warum feuerst du nicht erst einmal den Benzintank an und ich repariere die Leitung, wenn ich hier durchkomme", sagte er sagte.

„Okay", Barney nickte und drehte sich zum Gehen um. „Oh, ich habe vergessen, dich zu fragen. Miz Thompson hat dir von dem Ei erzählt?"

„Welches Ei?" fragte Johnny.

„Der Goldene."

Johnny grinste. „Klar, und ich habe die Gans gesehen, als ich reinkam. Und du bist Jack und die Windmühle ist deine Bohnenstange. Klettere darauf, Barney, und schneide die Märchen aus."

„ Nö , Johnny", protestierte Barney, „ich mache keine Witze. Miz Thompson hat heute Morgen ein goldenes Ei von den Hühnern bekommen. Zumindest sieht es irgendwie wie Gold aus, aber sie sagt, dass es keins ist . Sehen Sie, hier ist es." " Er griff in den Schrank, in den Hetty das eine oder andere Ei gelegt hatte. Er ging hinüber und reichte es Johnny, der auf dem Abfluss des Waschbeckens saß, um an dem zerbrochenen Fenster zu arbeiten.

Der jüngere Mann drehte das Ei in seiner Hand um. „Es fühlt sich auf jeden Fall komisch an. Ich frage mich, wie das Innere aussieht?" Er schlug das Ei vorsichtig gegen die Kante des Abtropfbretts. Als es nicht knackte, schlug er fester darauf zu, doch als ihm klar wurde, dass es auf den Boden fallen würde, wenn es plötzlich zerbrach, legte er das Ei auf die Arbeitsplatte und klopfte mit dem Hammer darauf.

Die Schale platzte und eine klare Flüssigkeit ergoss sich auf die Abtropffläche, dünn und klar, nicht glutenhaltig wie normales Eiweiß. Eine kleine, rötliche Kugel, offensichtlich das Eigelb, rollte über das Brett, fiel in die Spüle und zerbrach in pulverförmige Bruchstücke. Aus dem Durcheinander stieg ein schwacher, ätherartiger Geruch auf.

„Ich denke, Miz Thompson hatte recht", sagte Barney. „ Sie sagte, dass die Henne wohl in den Düngemitteln gepickt hat. So ein Ei habe ich noch nie zuvor gesehen."

„Ja", sagte Johnny verwirrt. „Nun, so viel dazu." Er warf die goldene Muschel zur Seite und wandte sich wieder seiner Glasarbeit zu. Barney ging zum Pumpenhaus.

Im Pumpenhaus öffnete Barney den Tank des Benzinmotors und steckte einen Stock hinein, um den Kraftstoffstand zu prüfen. Der Stick kam fast trocken heraus. Unter erneutem Gemurmel humpelte er über den Hof zum Traktorschuppen, um einen Benzinkanister zu holen. Zurück im Pumpenhaus füllte er den Motortank voll, stellte den Benzinkanister beiseite und zog dann, nachdem er den Vergaser vorgefüllt hatte, am Starterzugseil. Der Motor sprang mit stotterndem Brüllen an und begann wie verrückt zu rasen. Barney stürzte sich auf den Gashebel und schaltete den Motor auf Leerlauf zurück, aber selbst dann lief der Motor fast auf Hochtouren. Dann bemerkte Barney die weiße Flüssigkeit, die an der Seite des Motortanks herunterlief und aus dem Auslauf des Benzinkanisters tropfte. Er grinste breit, schaltete die Pumpenkupplung ein und humpelte hastig über den Hof in die Küche.

„Hey, Johnny", rief er, „hast du die Milch von Sally in einen Benzinkanister gegeben?"

Johnny beugte sich durch das offene Küchenfenster. „Ja, warum?"

„Nun, ich habe einfach aus Versehen den Kicker damit gefüllt, und Mann, du musst den Motor laufen hören", rief Barney aus. "Komm und sieh."

Johnny schwang seine Beine durch das Fenster und ließ sich leichtfüßig auf den Hof fallen. Die beiden Männer befanden sich gerade auf halbem Weg vom Pumpenhaus entfernt, als eine laute Explosion das Gebäude zerstörte. Teile des Pumpenmotors flogen wie Granatsplitter durch die dünnen Wände. Eine wogende Wolke aus violettem Rauch quoll aus dem zerstörten Gebäude, als Johnny und Barney sich flach auf die heiße, festgetretene Erde drückten. Flammen schlugen aus dem Pumpenschuppen hoch. Die Männer rannten zum Pferdetränke, schnappten sich Eimer Wasser und rannten zum Pumpenhaus. Das Feuer war gerade in die Holzwände des Gebäudes eingedrungen und ein paar Wasserspritzer löschten die Flammen.

Sie beäugten die Ruinen des Benzinmotors. „Heilige Kuh", rief Johnny, „das Zeug hat den Motor komplett in die Luft gesprengt." Er blickte zu den Löchern im Dach des Pumpenhauses hinauf. „Die Zylinder sind kaputt und der Kopf ist direkt aus dem Dach geflogen. Heilige Kuh!"

Barney befummelte die Pumpe und den Elektromotor. „Scheint der Pumpe nicht geschadet zu haben. Ich schätze, wir sollten die elektrische Leitung besser reparieren, jetzt, wo wir keinen Benzinmotor mehr haben."

Die beiden Männer machten sich an die Arbeit am Pumpenmotor. Die kaputte Leitung vor dem Gebäude wurde wieder hergestellt und zwanzig Minuten später legte Johnny den Wechselstromschalter um. Der große Elektromotor sprang an und erzeugte ein handwerkliches Summen. Das Deckenlicht wurde kurz gedimmt, als die Pumpe eingeschaltet wurde, und dann erfüllte das rutschende Geräusch der Pumpe den Schuppen. Sie sahen und hörten ein paar Minuten lang zu. Versichert, dass die Pumpe zufriedenstellend funktionierte, verließen sie das zerstörte Pumpenhaus.

Johnny trug den Benzinkanister mit Milch. „Gut, dass du das auf eine Seite gestellt hast, wo es nicht getroffen wurde und explodierte", sagte er. „So wie dieses Zeug reagiert, wären wir ohne Pumpe, Motor oder Windmühle, wenn es so wäre.

seien Sie ein guter Kerl und setzen Sie das Glas für mich fertig ein , ja? Ich habe den Rahmen schon zum Spachteln vorbereitet .

Johnny ging zum Traktor und zum Geräteschuppen und verschwand darin. Barney humpelte in die Küche und machte sich an die Fensterscheibe. Aus dem Traktorschuppen waren die Geräusche eines Motors zu hören, der stotterte, raste, nach hinten losging und dann einfach nur noch im Leerlauf lief.

Als Hetty etwa eine Stunde später zurück auf den Ranchhof fuhr, ritt Johnny wie ein Teenager mit dem Ackerschlepper über den Hof, sein Gesicht verzog sich zu einem breiten Grinsen. Sie parkte den Lastwagen unter dem Baum, während Johnny den Traktor nebenher fuhr und den Motor aufheulte, immer noch grinsend.

„Um was zum Teufel soll es hier gehen?" fragte Hetty, als sie aus dem Pickup stieg.

„Weißt du, womit dieser Traktor läuft?" Johnny schrie über den Lärm des Motors hinweg.

„ Natürlich tue ich das, du junger Idiot", rief sie. „Es ist Benzin."

„Falsch", schrie Johnny triumphierend. „Es läuft mit Sallys Milch!"

***

Am nächsten Morgen hatte Johnny 200 Gallonen Sally's Fuel gemischt und ließ den Pickup, den Traktor, den Viehtransporter und seinen 1958er Ford sowie Hettys 1959er Chevrolet Kombi mit der Mischung schnurren.

Das Mischen war ein einfacher Vorgang, nachdem er experimentiert und die richtigen Proportionen gefunden hatte. Ein Liter reine Sally-Milch auf hundert Gallonen Wasser. Er hatte die beiden verbleibenden Liter im Benzinkanister zur Herstellung der Mischung verwendet, aber am Morgen hatte Sally die Ranch mit weiteren fünf Gallonen des reinen Konzentrats beschenkt. Johnny lagerte die konzentrierte Milch sorgfältig in einem gereinigten 55-Gallonen- Benzinfass im Geräteschuppen.

„Wir sind auf eine Goldmine gestoßen", sagte er jubelnd zu Hetty. „Wir werden nie wieder Benzin kaufen müssen. Außerdem können wir bei der Geschwindigkeit, mit der Sally dieses Zeug herstellt, in ein paar Wochen mit dem Verkauf beginnen und ein Vermögen machen."

Noch am selben Morgen sammelte Hetty drei weitere goldene Eier ein.

„Stell sie aufs Regal", sagte Johnny, „und wenn wir das nächste Mal in die Stadt fahren, werde ich Dale bitten, sie sich anzusehen und uns vielleicht zu erzählen, was diese Hühner gemacht haben. Ich werde wahrscheinlich am Samstag noch einmal in die Stadt gehen." die Post."

Aber als der Samstag kam, humpelte Johnny mit einem verrenkten Knöchel durch die Ranch und erlitt Schmerzen, als sein Pferd in einem Gopher-Loch stolperte und ihn warf.

„Halt dich von diesem Bein fern", befahl Hetty. „Ich gehe in die Stadt, um die Post zu holen. Diese Mädchen kommen diese Woche einfach ohne deine Romanze zurecht." Johnny verzog das Gesicht, gehorchte aber den Befehlen.

„ Barneeey ", heulte Hetty, „bring mir ein Viertel Rindfleisch aus der Kühlbox." Barney steckte seinen Kopf aus der Scheune und nickte. „Ich verspreche Richter Hatcher schon seit einem Monat sonntags gutes Rindfleisch", sagte Hetty zu Johnny.

„Wenn Sie im Gerichtsgebäude vorbeischauen, wie wäre es dann, wenn Sie Ihre verrückten Eier in das Büro des Bezirksbeamten bringen und sie dort zur Analyse lassen", schlug Johnny vor. Er humpelte in die Küche, um die goldenen Eier zu holen.

Barney kam mit dem gekühlten Viertel Rindfleisch, das in Sackleinen gewickelt war. Er warf es auf die Ladefläche des Pickups und warf weitere Säcke darüber, um es in der sengenden Vormittagssonne kühl zu halten. Johnny kam mit den Eiern in einem leichten Karton voller zerknitterter Zeitungen heraus. Er klemmte die Kiste gegen die Seite des Rindfleischs in der vorderen Ecke der Ladefläche des Lastwagens. „Noch etwas, Hetty", sagte er. „Ich habe ein halbes Fass Öl im Traktorschuppen, das ich gegen etwas Getriebeöl eintauschen wollte, das Willy Simons mir angeblich überlassen würde. Können Sie es an seiner Tankstelle abgeben und abholen? das Fett?"

„Zieh es an", sagte Hetty, „während ich mir ein paar Stadtklamotten anziehe."

Johnny wollte die Verandastufen hinunterhumpeln, als Barney ihn aufhielt. „Ich schaffe es schon, Junge, halte dich von diesem Knöchel fern." Barney kletterte in den Pickup und fuhr ihn zum Traktorschuppen. In dem düsteren

Schuppen entdeckte er zwei Ölfässer. Er kippte den nächstgelegenen und spürte, wie Flüssigkeit in der Nähe der Mittellinie schwappte, dann rollte er ihn zur Tür hinaus. Barney hievte es auf die Ladefläche des Lastwagens, stellte es hochkant gegen das Fahrerhaus und fuhr mit dem Pickup zurück zur Tür des Ranchhauses, als Hetty in sauberen Jeans und einer hellen, geblümten Bluse herauskam. Ihr graues Haar war zu einem ordentlichen Knoten unter einem Blockhut von Stetson zusammengesteckt.

Sie stieg in den Lastwagen, winkte den beiden Männern zu und fuhr aus dem Hof. Als sie über den Viehwächter am Tor stieß, sprang der Holzstopfen heraus, den Johnny mit Hilfe von Geschworenen manipuliert hatte, um das Benzinfass mit seiner 20-Gallonen-Ladung reiner Sally-Milch zu verstopfen.

Ein kleiner Geysir aus weißer Flüssigkeit schoss aus der Trommel, als sie auf eine weitere Unebenheit traf, und dann raste der Pickup die Ranchstraße hinunter, wobei bei jeder Unebenheit kleine Spritzer von Sallys Milch herausschwappten und eine Pfütze auf dem Boden des Lastwagens bildeten. Als Hetty mit dem Cowboy auf die Kreisstraße raste, kippte die Trommel gefährlich um und prallte dann auf ihren Sockel zurück. Diesmal strömte ein Milchfontäne aus dem Wasser und ergoss sich heftig in die Schachtel mit den goldenen Eiern. Hetty fuhr weiter.

Aber nicht lange.

Mit der Gleichgültigkeit einer Rancherin, die Straße zu beobachten, suchte Hetty ständig nach den nahegelegenen Weideflächen, auf denen kleine Gruppen ihrer geliebten schwarzen Angus grasten. Sie war stolz darauf, dass ihre Augen trotz ihres sechzigjährigen Lebens immer noch scharf genug waren, um eine von Würmern befallene Kuh aus tausend Metern Entfernung zu erkennen.

Zwei Meilen, nachdem sie auf die Kreisstraße abgebogen war, die durch das Land der Circle-T-Gebirgskette verlief, erblickte ihr wandernder Blick eine Kuh und ein Kalb auf einem Hügel ein paar hundert Meter südlich der Straße. Hetty verlangsamte den Pickup auf fünfzig Meilen pro Stunde und blinzelte in die Sonne. Sie grunzte zufrieden und trat auf die Bremse. Der Lastwagen geriet ins Schleudern und kam auf der linken Seite der verlassenen Straße schlitternd zum Stehen. Hetty sprang vom Lastwagen und begann einen schnellen Spaziergang den Hang hinauf, um sich die Kuh und das Kalb genauer anzusehen.

Sie hörte nie das dumpfe Geräusch, als das Milchfass auf die Kante der Ladefläche kippte. Hetty erklomm den Hügel und ging langsam auf die Kuh und das Kalb zu, die sich nun von ihr entfernten. Als sie die andere Seite des Hügels hinunterfuhr, außer Sichtweite des Pickups, verschlang ein stetiger Strom von Sallys Milch die Schachtel mit den goldenen Eiern. Eine Minute später führte der verringerte Inhalt dazu, dass sich die Trommel verschob und verrutschte. Es fiel auf die Eier und zerbrach ein halbes Dutzend.

Die Erde platzte auf und die Welt um Hetty herum brach in einem tosenden Inferno aus purpurrotem Feuer und ohrenbetäubendem Lärm aus. Die rollende Erschütterung riss Hetty von den Füßen und stürzte sie in eine Trockenrinne am Fuße des Hügels. Die Schlucht rettete ihr das Leben, als die himmelzerreißende Druckwelle über sie hinwegrollte. Fassungslos und taub drückte sie sich flach unter einen leichten Überhang.

Die rollende Explosion erschütterte Ranches und Städte über mehr als hundert Meilen, und die Bodenwelle löste die Seismographen an der fast zweihundert Meilen entfernten University of California und an der 400 Meilen entfernten UCLA aus. Auf dem gesamten AEC-Atomtestgelände, nur sechzig Meilen südlich des rauchenden, klaffenden Lochs, das das Ende des Circle T-Pick-ups markierte, waren Verfolgungs- und Testinstrumente in Betrieb.

In direkter Linie war das Ranchhaus etwa acht Meilen von der Explosion entfernt.

Johnny saß in Hettys Lieblingsschaukelstuhl auf der breiten Veranda und zündete sich eine Zigarette an, und Barney saß auf dem Geländer der Veranda, als der Himmel vom blendenden violetten Licht der Explosion verdeckt wurde. Sie blinzelten in erstarrtem Erstaunen, als die Druckwelle auf die Ranch einschlug, die schwächeren Gebäude dem Erdboden gleichmachte und die Seite und das Dach der stahlverstärkten Scheune einknickte. Jedes Fenster des Hauses flog in einem Sturm tödlicher Glasscherben in die Luft. Die rollende Bodenwelle im Zuge der Schockwelle ließ das solide Haupthaus aus Holz und Lehm erzittern und hüpfen.

Die Gehirnerschütterung traf Johnny wie eine Faust und schleuderte ihn rückwärts in den Schaukelstuhl gegen die Hauswand. Es erfasste Barney wie ein Sack voll durchnässter Lumpen und schleuderte ihn auf den benommenen und halb bewusstlosen jüngeren Mann.

Die ersten erschrockenen Schreie der Pferde in den Ställen und Ställen vermischten sich mit dem Heulen der Färsen in den Kälberställen, als das Geräusch der Explosion die Verwüstung der Erschütterungen und Bodenwellen einholte.

Wie der Widerhall tausender auf einmal abgefeuerter Kanonen ertönte das seelenzerreißende Geräusch aus der Wüste und brodelte mit fast greifbarer Dichte in den zerstörten Ranchhof. Es machte die schwach rührenden Männer auf der Veranda platt und donnerte dann in einer Flutwelle aus Lärm weiter.

Barney stöhnte und rollte aus dem Gewirr aus Verandaschaukeln und verblüffter Jugend unter ihm. Johnny lag noch ein oder zwei Sekunden benommen da und begann dann, sich aufzurappeln.

„Hetty“, krächzte er und zeigte wild nach Süden, wo eine riesige, schmutzige Säule aus violettem Rauch und Feuer in den Himmel stieg wie der Stiel eines monströsen und bösartigen Giftpilzes. „Hetty ist da draußen.“

Er stolperte von der Veranda und rannte taumelnd zu dem Haufen zerbrochener Bretter, der vor Sekunden noch der Traktorschuppen gewesen war. Als er den Hof überquerte, wehte ein heftiger Windstoß aus dem Norden und fegte Wolken aus trockener, staubiger Erde vor sich her. Die Kraft des Windes warf den verletzten und geschüttelten Johnny fast noch einmal von den Füßen, als er zurück über die Ranch fegte, in Richtung der großen Säule aus violettem Rauch.

„Implosion“, registrierte Johnnys Verstand.

Er zerrte an dem Stapel loser Bretter, der am Kombi lehnte, und schleuderte sie heftig zur Seite, während er verzweifelt versuchte, das Fahrzeug zu befreien. Barney humpelte zu ihm und eine Minute später hatten sie den Weg in den Wagen frei gemacht. Johnny quetschte sich auf den Vordersitz und schob ihn unter weiteren schiefen Brettern hervor. Drei der Seitenfenster waren eingeschlagen, aber die Windschutzscheibe war bis auf einen kleinen, sternförmigen Riss im Sicherheitsglas intakt. Von den Trümmern befreit, öffnete Barney die gegenüberliegende Tür und schlüpfte neben Johnny hinein. Unter den Rädern des Autos wirbelte Erde hervor, als er seinen Fuß auf den Boden setzte und auf die Rauchsäule zuraste, die jetzt mehr als anderthalb Meilen in die Luft ragte.

Unter ihrem schützenden Überhang bewegte sich Hetty und stöhnte schwach. Aus ihren Nasenlöchern strömten zwei Rinnsale dunklen Bluts. Dicker Staub legte sich auf die Gegend und sie hustete und schnappte nach Luft.

Auf der gegenüberliegenden Seite des Hügels rauchte ein riesiger, zerrissener Krater mit einem Durchmesser von fast dreißig Metern und einer Tiefe von sechs bis zehn Fuß wie ein brodelnder Vulkan und verströmte einen seltsamen, stechenden Äthergeruch.

Johnny Culpeppers dramatischer Einsatz zur Rettung war nicht dramatischer als die Reaktion an einem Dutzend anderer Orte in Nevada und Kalifornien. Besonders sechzig Meilen südlich, wo sich eine kleine Armee von Militärs und Wissenschaftlern auf einen atomaren Untergrundschuss vorbereitete, als der Circle T-Pickup verschwand.

Die Schockwelle breitete sich über den Wüstenboden aus, floss um die Berge herum und drang in einen Tunnel in Frenchman's Flat ein, wobei sie jedes Instrument zur Schockmessung auslöste. Dann kam die Bodenwelle, die durch die Erde rollte wie ein Gopher durch einen Garten. Das Gleiche gilt für Bodenwellenmessgeräte. Schließlich dröhnte der Klang zu den erschrockenen Wissenschaftlern und Soldaten wie das Hämmern großer Pauken unter der gewölbten Kuppel des brennenden Himmels.

Auf den Beobachtungsposten auf den Berggipfeln richteten die Techniker ihren ungläubigen Blick nach Norden auf die aufkeimende Rauch- und Staubsäule, jaulten dann und schwangen optische und elektronische Instrumente, um sie auf die fantastische Säule zu richten.

In weniger als fünfzehn Minuten war der vorbereitete Test abgebrochen, die gesamte Ausrüstung gesichert und die ersten Angriffswellen von Wissenschaftlern, Soldaten, Geheimdienst- und Sicherheitsleuten rasten hinter weiß gekleideten und versiegelten Strahlungsdetektorteams, die Geigerzähler in ihren Armen hielten, nach Norden Maschinengewehre. Die Telefonleitungen waren durch Anrufe von Außendienstmitarbeitern der Atomic Energy Commission überlastet, die die Phänomene nach Washington meldeten und um Hilfe von den AEC-Stützpunkten an der Westküste und in New Mexico baten. Düsenjäger auf dem Luftwaffenstützpunkt Nellis in der Nähe von Las Vegas wurden in Bewegung gesetzt und rasten über die Bodenfahrzeuge nach Norden, um Sichtverhältnisse in der Nähe der violetten Kraftsäule zu melden.

Das Associated Press-Büro in San Francisco hatte gerade die Nachricht von dem vom Seismographen in Berkeley aufgezeichneten Beben erhalten, als ein Mitarbeiter auf der anderen Seite des Schreibtisches einen Anruf vom AP-Stringer in Carson City beantwortete und von der Explosion und der mächtigen Wolke in der Wüste berichtete Himmel. Ein kurzer Blick auf die Karte zeigte, dass die Explosion deutlich nördlich der Grenzen des AEC-Testgeländes lag. Der Stringer von Carson City erhielt den Befehl, sofort zum Tatort zu kommen und die Stellung zu halten, während Verstärkung aus Mitarbeitern und Fotografen aus Frisco eingeflogen wurde.

Bevor eine der offiziellen oder zivilen Behörden aktiv wurde, war der Circle T-Kombi von der Ranch Road abgekommen und auf den geölten County Highway abgebogen, der beide nach Carson City führte – und in die nun immer größer werdende, aber weniger dichte Rauchsäule.

Johnny beugte sich über das Lenkrad und spähte durch die immer dichter werdende Rauch- und Staubwolke. Er wollte seine halsbrecherische Geschwindigkeit nur ungern drosseln, wusste aber, dass sie Hetty finden mussten – falls sie noch am Leben war. Keiner der Männer hatte ein Wort gesagt, seit der Wagen vom Hof der Ranch raste.

<hr>

Es gab keinen triftigen Grund, die Explosion mit Hetty in Verbindung zu bringen, doch Johnny wusste instinktiv und nörgelnd, dass Hetty irgendwie darin verwickelt war. Barney, der seinen Fehler mit den Ölfässern immer noch nicht kannte, klammerte sich einfach an seinen Sitz und betete für das Beste.

Der Staub war fast zu dick, um ihn sehen zu können, und zwang Johnny, den Kombi abzubremsen, als sie tiefer in die Basis der Rauchsäule vordrangen. Unter seiner hektischen Sorge um Hetty verbarg sich der halbherzige Gedanke, dass es sich bei der ganzen Sache um eine Atomexplosion handelte und dass er und Barney auf einen sicheren Strahlentod zusteuerten. Seine Logik löste diesen Gedanken aus und sagte: „Wenn es atomar wäre, fängst du auf der Veranda an zu sterben, also könntest du die Hand genauso gut ausspielen.“

Ein Windstoß wirbelte den Staub von der Straße weg, als der Kombi auf den rauchenden Krater zukam. Johnny trat voll auf die Bremse, und er und Barney sprangen aus dem Auto und blieben voller Ehrfurcht am Rand des Lochs stehen.

Die staubige Luft dämpfte Johnnys schluchzenden Ausruf:

"Lieber Gott!"

Sie gingen langsam um die zerklüfteten Ränder des Kraters herum. Barney bückte sich und hob ein winziges Metallfragment vom Straßenbelag auf. Er starrte es an, tippte dann Johnny auf den Arm und reichte es ihm wortlos. Es handelte sich um ein verdrehtes Stück Karosseriestahl, das an den zerrissenen Kanten glänzte und mit der scharlachroten Emaille überzogen war, die die Farbe des Circle T-Pickups hatte.

Johnnys Augen füllten sich mit Tränen und er steckte das kleine Stück Metall in seine Tasche. „Mal sehen, was wir sonst noch finden können, Barney." Die beiden Männer begannen langsam, das Gebiet in immer größeren Kreisen vom Krater abzusuchen, der sie schließlich hinauf und über die Spitze des kleinen Hügels südlich der Straße führte.

Eine Viertelstunde später fanden sie Hetty, und zehn Minuten später saß die drahtige, widerstandsfähige Ranchfrau zwischen ihnen auf dem Sitz des Kombis und erklärte, wie es sein konnte, dass sie zum Zeitpunkt der Explosion nicht in der Nähe des Pickups war.

Der Verdacht, der in Johnnys Kopf gewachsen war und nun durch seine Erleichterung, Hetty lebend und praktisch unverletzt vorzufinden, ans Licht kam, blühte zu voller Blüte.

„Barney", fragte Johnny leise, „welches Ölfass hast du hinten in den Pickup gestellt?"

Die Fakten fügten sich wie Teile eines Puzzles zusammen, als der Reporter von Carson City, der eine Karawane von Autos und Einsatzfahrzeugen gut zehn Minuten aus der Stadt führte und die AEC- und Militärteams um zwanzig Minuten schlug, das Circle-T-Trio entdeckte Ich saß im Kombi am Rand des jetzt schwach schwelenden Kraters.

Eine halbe Stunde später nahm der AP-Mann in San Francisco den Hörer ab.

„Ich bin gerade von dieser Explosion zurückgekommen", sagte der Spieler von Carson City. Der AP-Mann legte seine Hand über das Telefon und rief über den Schreibtisch hinweg an. „Machen Sie sich bereit für den 1995er-Hauptdarsteller."

„Okay", sagte der Mitarbeiter an der Rezeption in San Francisco, „lass es uns haben." Er klemmte das Telefon zwischen Kinn und Schulter und hielt es über seine Schreibmaschine.

„Nun, es gibt einen Krater mit einem Durchmesser von mehr als 30 Metern und einer Tiefe von mehr als 30 Metern", erzählte der Stringer aus Carson City pflichtbewusst. „Der Unfallort befindet sich auf der County Road 38, etwa vierzig Meilen östlich von hier, und die Explosion erschütterte Carson City und verursachte kilometerweit große Schäden."

„Was hat es verursacht?", fragte der AP-Mitarbeiter, während er einen Hinweis herausgab.

„Eine Dame am Tatort sagte, ihre Milch und ihre Eier seien explodiert", sagte der Beobachter von Carson City.

Zehn Meilen südlich hielt der führende AEC-Katastrophenlastwagen hinter dem sechssträngigen Zaun, der die Straße zum Gebirgszug blockierte. Zwei Männer mit Drahtschneidern sprangen aus dem Lastwagen und durchtrennten die klingelnden Drähte. Das Metallschild mit der Aufschrift „Keep Out" fiel zu Boden und wurde beiseite geschleudert. Der Lastwagen rollte durch die Lücke und die Männer stiegen ein. Hinter ihnen stieg träge ein Staubvorhang in den heißen Himmel und markierte den langen Konvoi anderer Dienstfahrzeuge, die sich hart auf die Spur des Rettungswagens drängten.

Als die Weidestraße die Kreisstraße kreuzte, hielt der Fahrer lange genug inne, um zu erkennen, dass die stärkste Rauchkonzentration der unbekannten Explosion im Westen lag. Er bog nach links auf die geölte Straße ab und raste nach Westen. In weniger als einer Meile erspähte er das blinkende rote Licht eines Staates Das Auto eines Polizisten parkte mitten auf der Straße. Die Szene sah aus wie eine Kombination aus dem Erdbeben in San Francisco und dem Jahrmarkt in Los Angeles .

Dutzende Autos, Lastwagen, zwei Feuerwehrautos und ein Mann mit guter Laune waren auf dem offenen Weideland auf beiden Seiten des riesigen Kraters verstreut, der noch immer auf der Straße schwelte. Ein Film aus violettem Staub bedeckte die unmittelbare Umgebung und hing immer noch in der Luft und bedeckte Autos und Menschen. Scharen von Männern, Frauen und Kindern säumten den Rand des Kraters und starrten in die rauchige Grube, während andere Scharen ziellos um den nahegelegenen Hügel und die Wüste herumstreiften.

Ein junger Sheriff-Stellvertreter, der neben dem Auto des Staatspolizisten stand, hob seine Hand, um den AEC-Katastrophentransporter anzuhalten. Der Lastwagen hielt an, und das weiß gekleidete Strahlungsteam sprang mit Zählern in der Hand aus dem Fahrzeug und rannte auf den Krater zu.

„Zurück", schrie der Chef der Truppe aus vollem Halse. „ Kommt alle zurück. Dieses Gebiet ist strahlenverseucht. Beeilt euch!"

Es folgte eine Sekunde fassungslosen Verstehens und dann ein wahnsinniges, pandämonisches Durcheinander von Menschen und Autos, die sich drängten und versuchten zu fliehen. Das Strahlungsteam schwärmte rund um den Krater aus und fummelte an den Füllstandsskalen auf seinen

Zählern herum, als die Instrumente nichts über den normalen Hintergrundwert hinaus anzeigten.

Alle Fahrzeuge hatten sich wieder in Sicherheit gebracht – alle bis auf einen leicht ramponierten Kombi, der noch ein oder zwei Meter vom östlichen Rand des Kraters entfernt parkte.

Der Anführer des Strahlungskommandos rannte zum Wagen. Drei Personen, zwei Männer und eine schmutzige, zerzauste und blutige ältere Frau, saßen auf dem Vordersitz und aßen Good-Humor-Riegel.

„Hast du mich nicht gehört?" schrie der AEC-Mann. „Verschwinden Sie hier . In dieser Gegend ist es heiß. Radioaktiv. Gefährlich. Machen Sie sich auf den Weg!"

Die Frau lehnte sich aus dem Fenster und klopfte dem Strahlenexperten beruhigend auf die Schulter.

„Scheiße, Junge, es ist nicht nötig, sich über etwas verschüttete Milch so aufzuregen."

„Milch", schrie der AEC-Mann violett. „Milch! Ich sagte, das ist ein heißer Bereich; er ist voller Strahlung. Schauen Sie sich das an …" Er zeigte auf das Messgerät auf seiner Arbeitsplatte, hielt dann inne, starrte auf das Instrument und schüttelte es. Und starrte erneut. Das Messgerät bewegte sich ruhig mit dem kaum über dem Normalwert liegenden Hintergrundpegel.

„Hey, Jack", rief einer der anderen weiß gekleideten Männer auf der anderen Seite des Kraters, „dieses Loch registriert nichts."

Der Einsatzleiter starrte ungläubig auf seine Theke und schlug sie gegen die Seite des Kombis. Die Nadel blieb immer noch im normalen Bereich. Er schlug stärker darauf, und plötzlich sank die Nadel auf Null, als Hetty und ihre Rancharbeiter über die Schulter des AEC-Mannes auf das Zifferblatt spähten.

„ Ist das nicht eine Schande", sagte Barney mitfühlend. „Du hast es kaputt gemacht."

Der Rest des Katastrophenkommandos schlenderte mit abgenommenen Helmen in der prallen Sonne und geöffneten bleibeschichteten Anzügen zurück zum Truppführer am Circle T-Kombi. Eine Meile östlich war der Rest des AEC-Konvois angekommen und hielt in einer riesigen Gruppe von Fahrzeugen an, die in sicherer Entfernung vom Krater geparkt waren. Eine Reihe von Detektionsexperten in weißen Anzügen rückte vorsichtig vor.

Mit einem fassungslosen Blick drehte sich der erste Truppführer um und ging langsam die Straße entlang auf die herannahende Linie zu. Er blieb einmal stehen und blickte zurück auf das klaffende Loch, auf seinen nutzlosen Tresen, schüttelte den Kopf und ging weiter, um den vorrückenden Einheiten entgegenzutreten.

Bei Einbruch der Dunkelheit reflektierten neue Stacheldrahtstränge die letzten Strahlen der roten Sonne Nevadas. Bewaffnete Militärpolizisten und AEC-Sicherheitspolizisten in puderblauen Kampfjacken patrouillierten an den Zäunen rund um den Kreisstraßenkrater. Und um den Zaun herum, der nun die unmittelbare Umgebung der Circle T Ranch-Gebäude umschloss. Flutlichter beleuchteten den Draht und warfen einen unheimlichen Schein auf die Masse geparkter Autos und Personen, die sich außerhalb des Zauns drängten. Ein kleiner Hubschrauber landete rechts neben dem improvisierten Parkplatz, und ein NBC-Nachrichtensprecher gab der Welt eine mündliche Beschreibung der Szene, während er versuchte, über das Schnauben des gasbetriebenen Generators hinweg zu reden, der die Funk-Telefonverbindung von Associated Press versorgte nach San Francisco.

Schwarze AEC-Transporter und dunkelbraune Militärfahrzeuge rasten zum Hauptquartier der Ranch und wieder zurück und hielten an, um von den Wachposten, die die Haupttore bewachten, freigelassen zu werden.

Das AP-Protokoll verzeichnete an diesem Nachmittag und am folgenden Morgen einhundertachtzehn große Tageszeitungen, die die AP-Geschichte verwendeten:

CARSON CITY, NEV., 12. Mai (AP) – Eine Kilotonne Eierlikör erschütterte heute Morgen die wissenschaftliche Welt.

melkt die 60-jährige Mehatibel Thompson eine Kuh, deren Milch stärker ist als eine Atombombe. Ihre Hühner legen die Auslösemechanismen fest.

„Das hat die Welt heute gelernt, als eine erderschütternde Explosion die Erde erschütterte …"

Im Circle T-Ranch-Haus lief Hetty, gebadet und geputzt und von ihren Erfahrungen nur geringfügig geschwächt, in der Küche umher und bereitete hastig eine Mahlzeit zu. Johnny und Barney hatten einen riesigen Haufen Glasscherben, Geschirr und Schmutz zusammengekehrt, und Hetty hatte das von der Explosion verschonte Geschirr geborgen.

Sie schlängelte sich durch ein Dutzend Männer, die um den Küchentisch gruppiert waren, einige in Militär- oder Sicherheitspolizeikleidung, drei von ihnen trugen die Uniform der Atomwissenschaftler vor Ort – helle hawaiianische Sporthemden, dunkle Brillen, blaue Jeans und Turnschuhe. Johnny und Barney drängten sich abseits des Hauptverkehrsstroms an die Abtropffläche der Küche. Die letzten Ausgaben des San Francisco *Call-Bulletin*, der Oakland *Tribune*, des Los Angeles *Herald-Express* und des Carson

City *Appeal* lagen auf dem Tisch ausgebreitet. Hetty schob sie beiseite, um Geschirr abzustellen.

Die grell schwarzen Schlagzeilen starrten zu ihr hoch. „Dairy Detonation Devastates Desert", lautete das alliterative *Chronicle- Banner;* „Bossys Blast Rocks Bay Area", sagte der *Stamm* ; „Atomic Butter-And-Egg Blast Jars LA", verkündete der etwas ungenaue *Herald-Ex* ; „Thompson Ranch-Ort der Explosion", hieß es in der *Berufungsinstanz* unter Berufung auf solide Fakten.

„Mrs. Thompson", sagte die älteste Wissenschaftlerin, „stellen Sie bitte das Geschirr für ein paar Minuten ab und erzählen Sie uns die klare Geschichte. Den ganzen Nachmittag über ist das eine oder andere mit Ihnen und allem, was wir hatten, passiert." Ich konnte aus dir herauskommen, ist diese verrückte Milch-Ei-Routine.

„Zeit genug zum Reden, nachdem wir alle etwas gegessen haben", sagte Hetty und jonglierte mit einer Platte Steaks und einer riesigen Schüssel Kartoffelpüree auf dem Tisch. „Jetzt hatten wir alle einen harten Tag und wir können es alle ertragen, auf etwas feste Nahrung zu verzichten. Ich habe seit heute Morgen nichts mehr gegessen, und ich schätze, ihr Jungs habt auch nicht viel gegessen. Und Da es Ihnen so vorkommt, als hätten Sie sich hier wohlgefühlt, werden Sie sich, mein Gott, mit uns zum Essen setzen.

„Außerdem", fügte sie über die Schulter hinzu, als sie zurück zum Herd ging, um Gemüse und Brot zu holen, „haben ich und Johnny dir bereits erzählt, welche Geschichte es zu erzählen gibt. Das ist alles."

Sie stellte weitere Teller auf den mittlerweile überfüllten Tisch und ging dann um den Tisch herum und goss Kaffee aus der großen Ranch-Kanne ein. „Also gut, ihr Männer setzt euch jetzt hin und greift rein", befahl sie.

„Mrs. Thompson", sagte ein Armeemajor mit dickem Bürstenbart, „wir sind nicht zum Essen hierher gekommen. Wir sind gekommen, um Informationen zu erhalten."

Hetty strich eine vereinzelte Haarsträhne zurück und starrte den Mann böse an.

„Jetzt hör mir zu, du junger Whippersnapper. Ich habe dich nicht eingeladen, aber da du hier bist, wirst du mir die Güte erweisen, etwas höflicher zu sein", schnappte sie.

Der Major zuckte zusammen und warf einen Blick auf den leitenden Wissenschaftler. Der ältere Mann hob ausdrucksvoll den Blick und zuckte mit den Schultern. Er ging zum Tisch und setzte sich. Es herrschte ein allgemeines Stühlerücken, und der Rest der Gruppe setzte sich um den großen Tisch. Johnny und Barney nahmen ihre üblichen flankierenden Positionen neben Hetty an der Spitze des Spielbretts ein.

Hetty nahm ihren Platz ein und blickte sich mit einem zufriedenen Lächeln am Tisch um. „Das trifft eher zu."

Sie senkte den Kopf und nach einem erschrockenen Blick folgten die Fremden ihrem Beispiel.

„Wir danken Dir, lieber Herr", sagte Hetty leise, „für das Essen, das wir gleich essen werden, und für all Deine Hilfe an diesem Tag. Es war stellenweise etwas rau, aber ich denke, Du hast Deine Gründe dafür . " Alles davon. Da morgen sowieso Dein Tag ist, bitten wir darum, dass es nur ein wenig ruhiger ist. Amen."

Das befriedigende Klappern von Porzellan und Silber und höflich gemurmelte Bitten um mehr Kartoffeln und Soße erfüllten die Küche für die nächste Viertelstunde, während die hungrigen Männer sich an die Arbeit machten, um das erstklassige Circle T-Jährlingsrindfleisch zuzubereiten.

Nach seinem zweiten Steak, der dritten Portion Kartoffeln mit Soße und der vierten Tasse Kaffee schob sich der leitende Wissenschaftler zufrieden vom Tisch zurück. Hetty wischte mit einem Stück Brot die letzten Tropfen Soße von ihrem Teller. Der Wissenschaftler zog eine Pfeife und einen Tabakbeutel aus seiner Tasche.

„Mit Ihrer Erlaubnis, meine Dame ", fragte er seine Gastgeberin. Hetty grinste. „Um Himmels willen, zünde es an, Junge. Big Jim – das war mein Mann – pflegte zu sagen, dass keine Mahlzeit als richtig beendet bezeichnet werden könne, wenn sie nicht für die Verdauung geräuchert worden sei."

Mehrere der anderen Männer am Tisch folgten ihm mit Pfeifen, Zigarren und Zigaretten. Hetty lächelte am Tisch freundlich und wandte sich an den leitenden Wissenschaftler.

„Wie hast du gesagt, dass du heißt, Junge?" Sie fragte.

„Dr. Floyd Peterson, Mrs. Thompson", antwortete er, „und mit meinen sechsundvierzig Jahren danke ich Ihnen zutiefst für diesen ‚Sohn'."

Er griff nach dem Stapel Zeitungen auf dem Boden neben seinem Stuhl, schob seinen Teller zurück und legte ihn auf den Tisch.

„Jetzt, Mrs. Thompson, kommen wir zu den Fakten", klopfte er mit den Fingerknöcheln auf die Schlagzeilen. „Sie haben unseren Zeitplan vermasselt, und ich muss die Antworten schnell finden, bevor mir die volle Atomkommission und eine Untersuchung des Kongresses im Nacken sitzen."

„Was hast du benutzt, um dieses Erdbeben für die Juniorklasse zu machen?"

„Na ja, ich habe es dir schon mehr als ein Dutzend Mal gesagt, mein Junge“, antwortete Hetty. „Es muss die Kombination aus diesen seltsamen Eiern und Sallys Milch gewesen sein.“

Der Major mit dem Bürstenschnurrbart nippte an seinem Kaffee, stotterte und würgte. Neben ihm beugte sich der Chef der AEC-Sicherheitskräfte von Frenchman's Flat nach vorne.

„Mrs. Thompson, ich weiß nicht, was Ihre Beweggründe sind, aber bis ich es herausgefunden habe, bin ich zutiefst dankbar, dass Sie diesen Nachrichtenhunden dieses ... dieses Butter- und Eiergeschäft gegeben haben“, sagte er.

„Milch und Eier“, korrigierte Hetty ihn sanft.

„Na dann Milch und Eier. Aber die Zeit zum Spielen ist vorbei. Wir müssen wissen, was diese Explosion verursacht hat, und Sie und Mr. Culpepper und Mr. Hatfield“, er nickte Johnny und Barney zu, die neben Hetty saßen, „sind das.“ Nur diejenigen, die es uns sagen können.

„Habe es dir schon gesagt“, wiederholte Hetty. Johnny verbarg ein Grinsen.

„Sehen Sie, Mrs. Thompson“, sagte Dr. Peterson laut und mit kaum verhohlener Verzweiflung, „Sie haben eine Sprengkraft erzeugt und gezündet, die jeden Test, den wir in Frenchman's Flat in vier Jahren durchgeführt haben, in den Schatten stellte. Die Kraft Ihrer Sprengkraft war ...“ offenbar größer als die eines Atombombengeräts mittlerer Größe, und nur unsere Tests im Pazifik – und die der Russen – waren größer. Doch innerhalb einer halben Stunde oder fünfundvierzig Minuten nach der Explosion gab es keine Spur von Strahlung Bodenniveau, keine Luftstrahlung und kein einziger Bericht über Kontamination oder Niederschlag in der oberen Atmosphäre im Umkreis von tausend Meilen.

„Frau Thompson, ich appelliere an Ihren Patriotismus. Ihre Freunde, Ihr Land, die freien Menschen der Welt brauchen Ihre Erfindung.“

Hettys Augen weiteten sich und dann zeichneten sich in ihren Zügen feste Entschlossenheit ab. Sie schob ihren Stuhl zurück und erhob sich, um steif aufrecht zu stehen und das Kinn nach vorne zu strecken. Sie war durch und durch die wahre Pionierin des Westens.

„Daran habe ich nie gedacht“, sagte sie feierlich. „Mein Gott, wenn mein Land das so braucht, dann wird mein Land es bekommen.“

Die Beamten beugten sich erwartungsvoll vor.

„Du kannst Sallys Cloverdale Marathon III haben und ich will auch keinen Cent für sie. Und du kannst auch die Hühner nehmen.“

Es herrschte fassungsloses Schweigen, und dann erstickte der Armeemajor an einem Schluck Kaffee; Der Sicherheitsmann wurde rot im Gesicht und Dr. Petersons Kiefer prallte von seinem Brustbein ab. Johnny, der ein schallendes Gelächter nicht zurückhalten konnte, rannte zur hinteren Veranda und brach zusammen.

Die Küchentür wurde zugeschlagen, und Dr. Peterson stapfte auf die Veranda hinaus, die Pfeife zwischen zusammengebissenen Zähnen, sein Gesicht schwarz vor Wut und Frustration. Er ignorierte Johnny, der neben der Reling stand und sich die Tränen aus den Augen wischte. Culpepper erholte sich und ging zu dem wütenden Physiker hinüber.

„Dr. Peterson, Sie sind ein Mann der Wissenschaft", sagte Johnny, „und von einem Wissenschaftler wird erwartet, dass er bereit ist, eine Tatsache zu akzeptieren und dann möglicherweise die Ursachen hinter der Tatsache zu ermitteln, nachdem er erkannt hat, was er sieht. Nicht wahr? Also?"

„Jetzt schauen Sie mal", Peterson drehte sich wütend zu Johnny um. „Ich habe euch mit eurer idiotischen Geschichte alles genommen, was ich euch nehmen wollte. Ich habe nicht vor …"

Johnny packte den älteren Mann am Ellbogen und trieb ihn sanft, aber bestimmt von der Veranda zur Scheune. „Ich habe nicht die Absicht, Ihre Intelligenz zu beleidigen, Dr. Peterson, oder zu erklären, was hier passiert ist. Aber ich habe die Absicht, Ihnen zu zeigen, was wir wissen."

Helle Flutlichter erhellten den Hof und eine Gruppe Soldaten verlegte Telefonkabel vom bewachten Eingangstor über den offenen Raum zum Ranchhaus. Jenseits des neuen Stacheldrahtzauns herrschte Aufregung und ein Ansturm auf den Draht, als ein scharfsichtiger Journalist Johnny und den Wissenschaftler beim Überqueren des Hofes entdeckte. Als sie die Scheune betraten, ignorierten die beiden Männer die laut gerufenen Bitten um aktuellere Informationen. Johnny machte das Licht an.

Das Brüllen der beiden preisgekrönten Guernseys in den Kabinen rechts von der Tür verwandelte sich in lautes, klagendes Heulen, als die Lichter angingen. Beide Kühe hatten offensichtlich Schmerzen aufgrund ihrer geschwollenen und ungemolkenen Euter.

„Sehen heißt glauben. Doc?" fragte Johnny und zeigte auf die Kühe.

„Was sehen?" Peterson schnappte.

„Ich wusste, dass wir eine Menge Erklärungen abgeben müssen, wenn ihr hier die Macht übernimmt", sagte Johnny, „und natürlich kann ich es euch nicht im Geringsten verübeln. Das war ein Riesenspaß, den Hetty da draußen gemacht hat."

„Sie wissen es nicht", murmelte Dr. Peterson ängstlich, „Sie wissen es einfach nicht."

„Also", fuhr Johnny fort, „ich habe diese Kühe absichtlich nicht gemolken, damit Sie selbst sehen können, dass wir nicht lügen. Nun, wohlgemerkt, ich habe nicht die geringste Ahnung, WARUM das passiert, aber Ich werde dir zumindest zeigen, WAS passiert ist.

Er nahm ein Paar Milcheimer von einem Gestell neben der Tür und ging zu den Kuhställen, Peterson folgte ihm. "Das." Johnny sagte und zeigte auf das größere der beiden Tiere: „Es ist Queenie. Ihre Milch ist ungefähr so gut, wie man sie von einer erstklassigen Milchproduktionslinie bekommen kann. Und das", er streckte die Hand aus und tätschelte die Flanke der anderen Kuh. „ist Sallys Cloverdale Marathon III. Sie ist jung und hat bis jetzt gute, aber nicht spektakuläre Milchmengen oder -qualitäten gegeben. Sie stammt aus der gleichen Blutlinie wie Queenie. Sally war seit ihrem ersten Kalb trocken und wir haben sie am Mittwoch erneut gezüchtet Sie kam frisch. Nur ist es keine Milch, die sie gegeben hat. Pass auf!"

Er stellte einen Melkhocker in Position, stellte einen Eimer unter Queenies aufgeblähten Beutel und begann, die reichhaltige, schäumende Milch in einem gleichmäßigen, schnellen und gleichmäßigen Rhythmus in den Eimer zu spritzen. Als er fertig war, stellte er die beiden vollen Eimer mit ihren dicken Milchschaumköpfen vor den Stall und brachte zwei weitere saubere, leere Eimer. Er trat an die Seite der ungeduldigen Sally. Während Peterson zusah, füllte Johnny die Eimer mit derselben flachen, ölig aussehenden weißen Flüssigkeit, die Sally seit Mittwoch produziert hatte. Der Wissenschaftler begann, leichtes Interesse zu zeigen.

Johnny war fertig, zog die Kuh aus, trug dann die Eimer heraus und stellte sie neben die ersten beiden.

„Okay, jetzt sieh sie dir selbst an", sagte er zu Peterson.

Der Wissenschaftler spähte in die Eimer. Johnny reichte ihm eine Kelle.

„Schau, Culpepper", sagte Peterson, „ich bin Physiker, kein Bauer oder Agrarexperte. Wie soll ich denn wissen, was Milch bewirken soll? Bis ich fünfzehn Jahre alt war, dachte ich, die Milch käme." aus einem dieser Zapfhähne und die Sahne aus einem anderen.

„Umrühren", befahl Johnny. Wütend nahm der Wissenschaftler die Schöpfkelle und stocherte in der Milch in Queenies Eimern herum.

„Probieren Sie es", sagte Johnny. Peterson warf dem jüngeren Mann einen bösen Blick zu und nahm dann einen vorsichtigen Schluck Milch. Ein Teil des Schaums klebte an seinen Lippen und er leckte ihn ab. „Für mich schmeckt es wie Milch", sagte er.

„Rieche daran", befahl Johnny. Peterson schniefte.

„OK, machen Sie jetzt dasselbe mit den anderen Eimern."

Peterson schwenkte die Schöpfkelle durch die Eimer mit Sallys Milch. Die weiße Flüssigkeit wirbelte träge und ölartig . Er beugte sich vor, schnupperte und verzog das Gesicht.

„Mach weiter", forderte Johnny, „koste es."

Peterson nahm einen kleinen Schluck, probierte und spuckte dann aus.

„In Ordnung", sagte er, „ich bin jetzt davon überzeugt, dass an dieser Milch etwas anders ist. Ich sage nicht, dass daran etwas nicht stimmt, weil ich es nicht wüsste. Ich gebe nur zu, dass sie anders ist." Na und?"

„Komm schon", Johnny nahm ihm die Kelle ab. Er trug die Eimer mit Queenies Milch in den Kühlraum und schüttete sie in einen kleinen Weidekorb .

Dann verließen Johnny und der Physiker mit den beiden Eimern Sallys Milch die Scheune und gingen zu den zerstörten Überresten des Traktorschuppens.

Johnny kramte unter zerstörten und umgestürzten Tischen und Werkbänken herum und fand eine alte und verrostete Kuchenform.

Er stellte die Dose mitten auf die freie Fläche des Hofes und wandte sich an Peterson. „Jetzt nimmst du den Eimer Milch und gießt ein wenig in die Pfanne. Nicht viel, gerade genug, um den Boden zu bedecken, oder etwas mehr." Er reichte Peterson erneut die Kelle.

Der Wissenschaftler nahm eine kleine Menge der weißen Flüssigkeit heraus und goss sie vorsichtig in den Tortenteller.

„Das reicht", warnte Johnny. „Jetzt lasst uns diese Eimer weit weg von hier aufstellen." Er hob die Eimer auf und trug sie zur hinteren Veranda. Er verschwand in der Küche.

Zu diesem Zeitpunkt hatten die seltsamen Mätzchen der beiden Männer die Aufmerksamkeit der lautstarken Journalisten außerhalb des Zauns auf sich gezogen und sie drängten sich gegen den Zaun und riefen lautstark Bitten um ein Interview oder Informationen. Die Kamerateams des Netzwerkfernsehens richteten ihre eigenen Hochleistungsscheinwerfer auf den Hof, um die Brillanz der militärischen Lichter zu verstärken, und begannen mit der Aufnahme der Szene. Dr. Peterson starrte die Menge wütend an und drehte sich um, als Johnny sich wieder zu ihm gesellte. „Culpepper, willst du mich lächerlich machen?" er zischte.

„Hast du ein Streichholz?" fragte Johnny und ignorierte die Frage. Der pfeifenrauchende Wissenschaftler holte eine Handvoll Streichhölzer hervor. Johnny holte eine Angelrute aus Glas hervor, an deren beschwertem Haken ein kleiner Stoffknäuel befestigt war. Johnny führte Peterson etwa fünfzehn Meter über den Hof zurück und reichte Peterson den Lappen.

„Rieche es", sagte er. „Ich habe ein wenig Kerosin darauf gegeben, damit es brennt, wenn es durch die Luft fliegt." Peterson nickte.

„Bist du ein großer Fischer?" fragte Johnny.

„Ich kann eine Fliege aus fünfzig Metern Entfernung auf einen schwimmenden Chip fallen lassen", sagte der Physiker stolz. Johnny reichte ihm die Rute und die Rolle. „Okay, Doc, zünden Sie Ihren Lappen an und dann lassen Sie uns sehen, wie Sie ihn in den Tortenteller fallen lassen."

Während Fernsehkameras summten und Dutzende Fotofotografen auf Teleskopobjektive richteten und um genügend Licht beteten, zündete Dr. Peterson das kleine Stoffbündel an. Er spähte nach hinten, um nach Hindernissen zu suchen, und führte dann mit der Handgelenksbewegung des hingebungsvollen und erfahrenen Fischers seinen Wurf aus. Die winzige Taschenlampe erzeugte einen verschwommenen, peitschenden Lichtstrahl und fiel zielsicher auf den Kuchenteller in der Mitte des Hofes.

Die Fotografen hatten alles Licht, das sie brauchten!

Die Nacht wurde violett, als ein heftiger Ball aus violettem Feuer aufstieg und in den dunklen Himmel kochte. Der Blitz tauchte das gesamte Hauptquartier der Ranch und die überfüllten Autos und Menschenmengen außerhalb des Zauns in den seltsamen Glanz. Die Hitze traf den verblüfften Wissenschaftler und jungen Rancher wie die plötzlich geöffnete Tür eines Hochofens.

Es war in einer Sekunde vorbei, als das Feuer aufstieg und dann erlosch. Die plötzliche Dunkelheit blendete sie trotz der unveränderten Leistung des Fernsehers und der militärischen Flutlichter, die immer noch auf den Hof gerichtet waren. Unter den Journalisten und Fotografen, die die beeindruckende Demonstration miterlebt hatten, brach ein Tumult aus .

Peterson starrte ehrfürchtig auf die leicht rauchende und verzogene Kuchenform. „Nun, schneiden Sie mir die Zunge heraus und nennen Sie mich Oppenheimer", rief er.

„Das war nur die Milch", sagte Johnny. „Kennst du einen guten, sicheren Ort, an dem wir es mit einem dieser Eier ausprobieren könnten? Ich hätte Angst, sie irgendwo hier zu testen, nach dem, was heute Morgen mit Hetty passiert ist."

Eine Stunde später bahnte sich ein Militärhubschrauber seinen Weg in die Nacht und transportierte drei Gallonen Sallys Milch von der Ranch zur Nellis AFB, wo ein Jet bereit stand, um den versiegelten Behälter an die AEC-Labors in Albuquerque weiterzuleiten.

Im Wohnzimmer des Ranchhauses hatte Peterson sein Hauptquartier eingerichtet, und auf der anderen Seite des Raumes war eine Feldtelefonzentrale der Armee in Betrieb.

Ein AEC-Sicherheitsmann leitete den Vorstand. Hetty hatte entschieden, dass ein Erdbeben pro Tag ausreichen würde und war zu Bett gegangen. Barney, verwirrt, aber glücklich über so viel Gesellschaft, saß auf der Kante eines Stuhls und beobachtete und lauschte eifrig, ohne etwas zu verstehen, was er sah oder hörte. Hinten im Raum beugte sich Johnny über Big Jim Thompsons Rollschreibtisch und erstellte eine Liste mit Vorräten, die er benötigen würde, um die Schäden zu reparieren, die durch die immer länger werdende Explosionsliste der Woche verursacht wurden.

Peterson und drei seiner Mitarbeiter berieten sich lange an einem großen Tisch in der Mitte des Raumes. Das Feldtelefon der Armee neben Peterson klingelte.

Auf der anderen Seite des Raumes drehte sich die Telefonistin um und rief: „Hier ist der Kommissar, Dr. Peterson. Ich habe ihn gerade erreicht." Peterson nahm den Hörer ab.

„John", rief er in das Instrument, „hier Peterson. Wo warst du?" Aus dem Telefon ertönte ein blechernes, hörbares Kreischen, und Peterson hielt es von seinem Ohr weg.

„Ja, ich weiß alles darüber", sagte er. „Ja ... ja ... ja. Ich weiß, du hattest viel Spaß mit den Zeitungen. Ja, ich habe das Radio gehört. Ja, John, ich weiß, es klingt ziemlich lächerlich. Was? Geh auf die Ranch und finde es aus. Von wo aus rufe ich Ihrer Meinung nach an?"

Das Kreischen erschütterte den Hörer und Peterson zuckte zusammen.

„Sehen Sie, Kommissar", unterbrach er ihn, „ich kann diesen Geschichten kein Ende bereiten. Was? Ich sagte, ich kann diesen Geschichten aus einem einzigen Grund kein Ende bereiten. Sie sind wahr."

Das einzige Geräusch, das aus dem Telefon kam, war das stetige Summen der Leitung.

„Bist du da, John?" fragte Peterson. Aus Washington kam ein undeutliches Gemurmel. „Jetzt hör gut zu, John. Was ich hier draußen brauche, sobald du sie zusammentreiben und an Bord eines Flugzeugs bringen kannst, ist das beste Team von Biogenetikern im Land."

„Was? Nein, ich brauche kein Team von Psychiatern, Kommissar. Ich bin völlig normal." Peterson hielt inne. "Ich finde!"

Er redete weitere fünfzehn Minuten mit seinem Chef. An zwei anderen Telefonen rund um den großen Tisch bearbeiteten sein Stellvertreter und der leitende Sicherheitsoffizier der Task Force während Petersons langem Gespräch ein halbes Dutzend Anrufe. Als Peterson auflegte, war die Maschinerie in Bewegung und versammelte die besten Biochemiker, Tiergenetiker, Agrar- und Tierhaltungsexperten des Landes und ein Dutzend anderer Bäcker, bereit, sie zu verpacken und per Flugzeug und Zug zur Hauptanlage von AEC zu schicken Frenchman's Flat und zum Circle T.

Peterson seufzte heftig, als er den Hörer weglegte und nach seiner Pfeife griff. Auf der anderen Seite des Tisches legte sein Assistent eine Hand über die Sprechmuschel seines Telefons und beugte sich zu Peterson.

„Es ist die Associated Press in New York", flüsterte er. „Sie sind hitziger als eine Pistole wegen des Stromausfalls und drohen damit, den Präsidenten und jeden Kongressabgeordneten in Washington anzurufen, wenn wir nichts dagegen unternehmen."

„Warum konnte ich bei Algebra Zwei nicht durchgefallen sein?", stöhnte Peterson. „Nein, ich musste ein Genie sein. Schauen Sie mich jetzt an. Eine Milchmagd." Er schaute auf seine Uhr. „Sagen Sie ihnen , dass wir um 8:00 Uhr vor dem Tor der Ranch eine Pressekonferenz abhalten werden."

Der Assistent sprach kurz ins Telefon und wandte sich dann wieder an Peterson. „ Sie sagen, sie wollen jetzt wissen, ob die Milch-und-Ei-Geschichte wahr ist. Sie sagen, sie hätten nichts außer einer offiziellen Umgehung und vielen Gerüchten gehabt."

„ Sagen Sie ihnen, dass wir die Geschichte weder leugnen noch bestätigen. Sagen Sie, wir ermitteln. Wir werden ihnen morgen früh eine formelle Stellungnahme abgeben", befahl Peterson.

Er verließ den Tisch und ging zum Schreibtisch, wo Johnny gerade seine Liste mit Baumaterialien fertigstellte.

„Um wie viel Uhr bekommen Sie diese Eier normalerweise?" er hat gefragt.

„Nun, in der Regel steigt Hetty jeden Morgen gegen neun Uhr aus und holt sie ab. Aber sie wurden wahrscheinlich schon ein paar Stunden früher gelegt.“

„Dadurch werden wir furchtbar spät dran sein, etwas für diese plappernden Reporter zu produzieren“, sagte der Wissenschaftler.

„Wenn ich darüber nachdenke“, sagte Johnny nachdenklich, „wir könnten im Hühnerstall ein Licht anbringen und dafür sorgen, dass die Hühner früher legen. Auf diese Weise könnten Sie etwa um vier oder fünf Uhr morgens ein paar Eier haben.“

Barney hatte zugehört.

„Und diese Eier machen jeden Morgen ein wunderbares Frühstück“, meldete er sich fröhlich. Peterson starrte ihn wütend an und Johnny grinste.

„Ich glaube, der Arzt will die goldene Sorte“, sagte er mit einem Lächeln.

„Oh, sie“, sagte Barney mit einem angewiderten Schnauben. „Sie würden kein Omelett zubereiten, das für ein Schwein geeignet wäre. Sie wollen sich nicht mit ihnen herumschlagen, Doc.“

Unter Johnnys Anleitung verlegte ein Team von Technikern eine Stromleitung in den leicht zerstörten Hühnerstall. Die schlafenden Hühner kreischten laut und empört, als die Männer sich ihren Weg durch die Nester bahnten. Die Leitung wurde installiert und der Strom angelegt. Eine 150-Watt-Glühbirne beleuchtete das Innere des Hühnerstalls, während die verwirrten Vögel unharmonisch gackerten und gackerten.

Salomo, der große Hahn, saß auf einem Querbalken und hatte den Kopf unter seinen Flügel gesteckt. Als das Licht den Schuppen durchflutete , schreckte er auf und blickte erschrocken und ohne zu blinzeln in die seltsame Sonne. Er rappelte sich hastig und schuldbewusst auf, warf seine große Brust vor und krähte eine kreischende Hymne an Thomas A. Edison. Johnny kicherte, als die Techniker bei dem Geräusch zusammenzuckten. Er verließ den Hühnerstall, ging zurück zum Haus und legte sich ins Bett.

Er stellte seinen Wecker auf 4:00 Uhr und fiel sofort in einen tiefen und erschöpften Schlaf.

Als er und der schläfrige Peterson um 16:30 Uhr in den Hühnerstall gingen, lagen elf der goldenen Eier auf den Strohnestern.

Den Rest der normalen Eier übergaben sie Hetty, die ein schnelles und reichhaltiges Frühstück zubereitete. Während Peterson und Johnny aßen, feilte ein Schreibteam aus AEC-Öffentlichkeitsrednern, die in der Nacht eingetroffen waren, an einer formellen Pressemitteilung, die um acht Uhr den wartenden Reportern übergeben werden sollte. Die Telefone waren die ganze Nacht über besetzt. Petersons Assistent mit trüben Augen kam in die Küche und ließ sich auf einen Stuhl am Tisch fallen.

„Hol dir eine Tasse Kaffee, Junge", befahl Hetty, „während ich dir etwas zu essen mache. Wie magst du deine Eier?"

„Vielleicht, Mrs. Thompson und vielen Dank", sagte er müde. „Ich glaube, ich habe alles vorbereitet, Doktor. Die Eier sind alle gepackt und bereit für den Transport in Ihr Auto, und das Auto wird in etwa zehn Minuten fertig sein. Sie sind immer noch dabei, die Reichweite zu verbessern, aber sie sollten alle dabei sein Bestellen Sie, wenn Sie dort ankommen.

„Die Bio-Männer und die anderen sollten im Hauptbesprechungsraum des Hauptquartiers des Reviers versammelt werden. Ich habe eine doppelte Wache rund um die Scheune angeordnet, die so lange aufrechterhalten wird, bis die Tierjungen ihre Tests vor Ort abgeschlossen haben. Und sie" Wir packen einen Gerätetransporter neu, um Sally zu den Laboren zu bringen, wenn sie bereit sind.

„Und ... oh ja, ich hätte es fast vergessen ... der Kommissar hat vor etwa zehn Minuten angerufen und gesagt, ich solle Ihnen sagen, dass die Russen heute Morgen offiziell bei den Vereinten Nationen protestieren werden. Sie sagen, wir versuchen zu löschen vernichten die Volksrepublik, indem sie ihre Milch verunreinigen.

Durch das hintere Verandafenster drangen Geräusche von Schlurfen im Hof und laute Protestschreie. Die Tür schwang auf und ein stotternder und wütender Barney wurde in den Raum gestoßen, immer noch in den Fängen zweier bewaffneter Sicherheitspolizisten.

„Nimm deine Hände von mir", brüllte Barney, während er kämpfte und sich kraftlos in ihrem Griff wand. „Doc, sagen Sie diesen mit Pistolen ausgestatteten Hotelpagen, sie sollen mich freilassen."

„Wir haben ihn beim Versuch erwischt, in die Scheune zu gelangen, Sir", sagte einer der Beamten zu Peterson.

„ Natürlich wollte ich in die Scheune gehen", schrie der empörte Rancharbeiter. „Wo hättest du gedacht, dass ich hingehen würde, um eine Kuh zu melken?"

Peterson lächelte. „Es ist alles in Ordnung, Fred. Es ist meine Schuld. Ich hätte dir sagen sollen, dass Mr. Hatfield freien Zugang hat."

Die Sicherheitsleute ließen Barney frei. Er schüttelte sich und funkelte sie an.

„Es tut mir furchtbar leid, Barney", sagte Dr. Peterson. „Ich habe vergessen, dass du runtergehen würdest, um die Kühe zu melken, und ich bin froh, dass du mich daran erinnert hast. Tu mir einen Gefallen und melke zuerst Sally, ja? Ich möchte diese Milch, oder was auch immer es ist, mitnehmen, wenn wir." Gehe in ein paar Minuten.

Die Sonne kroch gerade den Berghang hinauf, als Johnny und Dr. Peterson zwischen zwei gepanzerten Spähwagen den Ranchhof verließen und sich auf die sechzig Meilen lange Fahrt auf der Range Road begaben. Der Tau glänzte in den ersten Lichtstrahlen und die klare, kühle Morgenluft ließ kaum einen Hauch von der Hitze erahnen, die am Vormittag sicher kommen würde. Als der kleine Konvoi die Ranch verließ, strömten Fotografen in Richtung Tor. Eine Reihe von Kameras machte Aufnahmen von den Fahrzeugen, die nach Süden fuhren.

Es war der Beginn eines Tages, der die gesamte Außenpolitik der Vereinigten Staaten veränderte. Es war auch der Tag, an dem eine Schar der besten Kernphysiker des Landes zu den Sofas der Psychiater taumelte.

In den nächsten Tagen erfuhr Petersons Crew, verstärkt durch Hunderte von Wissenschaftlerkollegen, Technikern und Militärangehörigen, in rasantem Tempo, was Johnny Culpepper bereits wusste.

Sie erfuhren, dass (1) Sallys Milch, verdünnt mit bis zu vierhundert Teilen reinem Wasser, im entzündeten Zustand einen besseren Kraftstoff ergab als Benzin.

Sie erfuhren auch, dass (2) es bei verringerter Konzentration ein Ersatz für jeden Sprengstoff mit bekannter chemischer Zusammensetzung wurde; (3) Bei Kontakt mit der Verbindung in einem der goldenen Eier erzeugte es eine Explosion, beginnend bei der Kilotonnenmenge von einem Ei bis zu zwei Tassen Milch, und stieg auf der Skala an, pendelte sich jedoch auf einem Höhepunkt ein, als die Rezeptur erhöht wurde; (4) könnte durch Mischen von Strahlen gesteuert werden, um jeden gewünschten Strom explosiver Kraft zu erzeugen; und (5) sie hatten nicht die geringste Ahnung, was die Reaktion auslöste.

In derselben Anordnung wurde (1) der Standard Oil-Bestand auf den Wert von Tapeten gesenkt; (2) dito für DuPont; (3) eine neue Säuberung in der obersten Ebene des Obersten Sowjets; (4) Freude für Raketenwerfer im Holloman Air Force Research Center, Cape Canaveral und der Vandenburg Air Force Base; und (5) quälende Haarrisse bei jedem Chemiker, Biologen und Physiker, der an den vergeblichen Versuchen beteiligt war, die beiden Zutaten dessen zu analysieren, was die Presse als „Thompsons Eierlikör" bezeichnet hatte.

Während weißkittelige Tierärzte, Landwirtschaftsexperten und Chemiker Sallys Cloverdale Marathon III anstupsten und stupsten, machten andere Hettys Hühnerherde einer ähnlichen Prüfung. Salomos empörte Wutschreie hallten durch die Wüste, als sie ihn den Demütigungen von Vögeln aussetzten, die noch nie zuvor ein Hahn erduldet hatte.

Wochen vergingen und mit jedem neuen Experiment wurden neue Verwendungsmöglichkeiten für den erstaunlichen Eierlikör entdeckt. Während Sally ruhig wiederkäute und bei jedem Melken konstant fünf Gallonen konzentrierter Wut abgab, deponierte Solomons Harem jeden Tag pflichtbewusst fünf bis ein Dutzend goldene Sphären verpackter Kraft. Gleichzeitig schlossen Raketenforschungsingenieure ihre Tests zum Einsatz des Eggnog ab.

In den frühen Morgenstunden des 4. Juni stand eine einstufige Atlas-Rakete mit zwei Eiern und einem Fassungsvermögen von 35 Gallonen auf den Startrampen in Cape Canaveral. Aus dem Lautsprecher auf dem riesigen Blockhaus ertönte der Countdown.

„X minus zwanzig Sekunden. X minus zehn Sekunden. Neun ... acht ... sieben ... sechs ... fünf ... vier ... drei ... zwei ... FEUER!"

Der Kontrolloffizier drückte auf den Auslöseknopf und tief im Atlas klickte ein Relais, das einen Magneten aktivierte, der ein Ventil öffnete. Ein dünner Strahl von Sallys Milch schoss von einer Seite der Brennkammer herein und vermischte sich mit einem feinen Sprühnebel aus Eierteig, der aus einer Düse in der gegenüberliegenden Wand kam.

Mit einem kräftigen Schwanz aus violettem Feuer sprang der Atlas wie eine von einer Wespe gestochene Färse von den Startrampen und donnerte in den Weltraum. Die Kraftstofföffnungen weiteten sich weiter bis zur maximalen voreingestellten Öffnung aus. Innerhalb von zehn Sekunden verwandelte sich der Nasenkegel von kirschrot in weißglühend und begann, seine äußere Keramikbeschichtung abzulösen. Mit etwas mehr als 43.000 Meilen pro Stunde spaltete sich die große Rakete aus der Atmosphäre in die Leere des Weltraums und hinterließ eine Schockwelle, die fünfzig Meilen vom Startpunkt entfernt Häuser zersplitterte und Glas zerschmetterte.

startete Amerikas neuestes Raketenschiff mit einem Gewicht von mehr als dreißig Tonnen und dem Namen „ *The Egg Nog" von der gegenüberliegenden Küste bei Vandenburg.* Das Gewicht und der Raum, die ursprünglich für die übliche Gartenvariante des Raketentreibstoffs vorgesehen waren, wurden hastig an den neuen Treibstoff angepasst und mit automatischen Kamera- und Fernsehgeräten ausgefüllt. Im Heck befand sich ein Sechs-Eier-Motor mit einem Fassungsvermögen von 100 Gallonen, während sich im Bug ein kleiner Ein-Ei-Motor mit 14 Liter Fassungsvermögen befand, um das Schiff für den Rückflug durch die Atmosphäre abzubremsen.

Sein Ziel: der Mars!

Eine Woche später raste *die Eggnog* durch die Troposphäre, schlitterte mit rasanten zweitausend Meilen und einer Stunde durch die Stratosphäre, ließ automatisch gleitende Flügelstummel in der Atmosphäre wachsen und landete fünfzig Meilen westlich im Pazifischen Ozean, wo sie sprühend zum Stillstand kam von Ensenada in Baja, Kalifornien. An Bord waren die ersten menschlichen Ansichten des Roten Planeten.

Die Welt tobte vor Jubel. Aus den Hauptstädten der freien Nationen strömten Glückwünsche nach Washington. Aus Moskau kam die Nachricht, dass in wenigen Tagen ein 100 Tonnen schweres Raumschiff gestartet werden solle, angetrieben von einer Mischung aus Wodka und Orangensaft, die ein Barkeeper in Noworsk entdeckt hatte, der in der Abendschule Chemie studierte . Dieser Ankündigung folgte 24 Stunden später ein Artikel in *der Prawda , der schlüssig bewies, dass Sallys Cloverdale Marathon III ein direkter Nachkomme von Nikitas Mujik Droshky V war, einem preisgekrönten Guernsey-Bullen* , der vor 26 Jahren in den Scheunen des Sopolov- Volkskollektivs gezüchtet wurde.

Ende August stieg Air Force Major Clifton Wadsworth Quartermain aus dem Hafen der zweihundert Tonnen schweren, zwei Dutzend Eier und 233 Gallonen fassenden Weltraumrakete Icarus *und* war damit der erste Mensch, der ins All und zurück flog. Er hatte die Venus umkreist und war zurückgekehrt. Da die Wissenschaftler nicht mehr durch Faktoren des Treibstoffgewichts eingeschränkt waren, waren sie in der Lage, den riesigen *Ikarus mit ausreichend Schutzschilden auszustatten* , um einen Menschen vor der tödlichen Bombardierung der Van-Allen-Strahlungsgürtel zu schützen.

Am 15. September ging Sallys Cloverdale Marathon III, der härter und schneller gemolken wurde als jeder andere Guernsey in der Geschichte, trocken.

Weniger als die Hälfte der rund 1200 Gallonen Treibstoff, die sie während ihrer Heutage produziert hatte, befanden sich noch in den Lagerräumen der AEC.

Drei Tage später sprintete Solomon hinter einem seiner Haremsmänner her , der schwer zu kriegen war, und geriet direkt in den Weg eines Jeeps der Sicherheitspolizei. Es gab ein qualvolles Kreischen, einen Federregen und Trauer. Kurze Zeit später sank die Zahl der goldenen Eier täglich, bis eines Morgens keine mehr da waren. Sie sind nie wieder aufgetaucht. Die Vereinigten Staaten hatten 26 Dutzend davon in einer unterirdischen Höhle tief in den Rocky Mountains gelagert.

Der Mensch, der wie ein Schmetterling in den Weltraum geschlüpft war, kroch in seinen Kokon zurück und dachte aus der Perspektive eines Wurms über die Sterne nach.

Sallys Cloverdale Marathon III hämmerte hinten auf einem gewöhnlichen Viehtransporter herum und kam in Ungnade zum Circle T. In einer Ecke des Lastwagens gackerte der Harem des verstorbenen Salomon und stieß laute Trauerschreie aus, während sie sich in dem unhöflichen Lattenrost des Schiffsstalls zusammenkauerten. Der Lastwagen bog von der Kreisstraße auf die unbefestigte Straße ab, die zu den Hauptgebäuden führte. Es ratterte über den Viehwächter und durch das neue, ungeschützte und offene Tor im Stacheldrahtzaun. Das Leben im Circle T hatte sich fast wieder normalisiert.

Aber nicht lange.

Fünf Tage nach Sallys schändlicher Entlassung aus den Streitkräften raste ein Dienstwagen auf die Ranch zu. An den Stufen zur Hinterveranda kam es schlitternd zum Stehen. Dr. Peterson sprang heraus und rannte zur Küchentür.

„Nun, um Himmels willen", rief Hetty. „Komm rein, Junge. Ich habe dich schon die längste Zeit nicht gesehen."

Peterson trat ein und sah sich um.

„Wo ist Johnny, Mrs. Thompson?" fragte er aufgeregt. „Ich habe wunderbare Neuigkeiten."

„ Ist das nicht schön?", rief Hetty. „Deine Frau hat ein neues Baby oder so? Johnny ist unten in der Scheune. Ich rufe ihn für dich." Sie ging zur Tür.

„Macht nichts", sagte Peterson und huschte aus der Tür, „ich gehe runter zur Scheune." Er sprang von der Veranda und rannte über den Hof.

Er fand Johnny in der Scheune, wo er einen neuen Flaschenzug für den Heuboden baute. Barney half dabei, die neue Manila-Schnur von einer Spule auf dem strohübersäten Boden einzufädeln.

„Johnny, wir haben es gefunden", rief Peterson jubelnd, als er in die Scheune stürmte.

„Warum, Doc, schön, Sie wiederzusehen", sagte Johnny. „Was gefunden?"

„Das Geheimnis von Sallys Milch", rief Peterson. Er sah sich wild in der Scheune um. "Wo ist sie?"

"WHO?"

„Sally, natürlich", jaulte der Wissenschaftler.

„Oh, sie ist unten auf der Weide mit Queenie", antwortete Johnny.

„Ihr geht es gut, nicht wahr?" fragte Peterson besorgt.

„Oh, klar, es geht ihr gut, Doc. Warum?"

„Hören Sie", sagte Peterson hastig, „unsere Leute denken, sie sind auf etwas gestoßen. Jetzt wissen wir immer noch nicht, was in diesen Eiern oder in Sallys Milch ist, die sie so reagieren lassen. Alles, was wir finden konnten." ist ein seltsames Isotop, aber wir wissen nicht, wie wir es reproduzieren oder synthetisieren können.

„Aber wir glauben zu wissen, was Sally dazu gebracht hat, diese Milch zu geben und diese Hühner dazu gebracht hat, goldene Eier zu legen."

Johnny und Barney legten ihre Arbeit nieder und bedeuteten dem aufgeregten Wissenschaftler, sich zu ihnen auf eine Bank neben den Pferdeställen zu setzen.

„Erinnerst du dich an den Tag, als Sally frisch kam?" Peterson fuhr fort.

„Nicht ganz", antwortete Johnny, „aber ich könnte es in meinem Tagebuch nachschlagen. Ich führe gute Aufzeichnungen über Dinge wie neu registrierte Geburten von Tieren."

„Macht nichts", sagte Peterson. „Ich habe es bereits überprüft. Es war der 9. Mai."

Er hielt inne und lächelte triumphierend.

„Ich schätze, das ist richtig, wenn du das sagst", sagte Johnny. „Aber was ist damit?"

„Und das war derselbe Tag, an dem die Hühner auch das erste goldene Ei gelegt haben, nicht wahr?" fragte Peterson.

„Warum es sicher war, Doc", mischte sich Barney ein. „Ich erinnere mich, denn Miz Thompson war so wütend, dass die Milch schlecht war und die Eier am selben Tag schlecht waren."

„Das wissen wir. Jetzt hör dir das an, Johnny", fuhr der Wissenschaftler fort. „In der Nacht des 8. Mai haben wir auf dem Schießstand einen völlig neuen Testschuss abgefeuert. Ich kann Ihnen nicht sagen, was es war, nur um zu sagen, dass es sich um ein spezielles Atomgerät handelte, von dem selbst wir nicht allzu viel wussten." Ungefähr deshalb haben wir es aus einer Höhle am Hang eines Hügels dort unten abgefeuert.

„Seitdem gehen unsere Leute ziemlich sicher davon aus, dass dieser Kuh und diesen Hühnern kurz vor der Verabreichung der Eierlikör-Zutaten etwas passiert ist. Jemand erinnerte sich an den experimentellen Testschuss, überprüfte das Datum und ging dann raus und hat es getan Ein Blick in die Höhle. Wir hatten bereits früher den Verdacht, dass dieses Gerät eine neue Art von Strahl erzeugt. Wir machten Sichtungen von der Höhle aus und stellten fest, dass sie sich in einer direkten, ununterbrochenen Linie mit dem Circle T befanden. Wir stellten das Gerät auf Nochmals und mit einem sehr kleinen Modell haben wir es an einigen Hühnerembryonen ausprobiert. Tatsächlich haben wir eine Mutation bekommen. Aber nicht die richtige Art.

„ Also werden wir die gesamte Situation hier nachstellen, nur dass wir dieses Mal nicht nur Sally, sondern ein Dutzend anderer Guernseys entlarven, die so nah wie möglich an ihrer Blutlinie sind.

„Und wir wussten bereits, dass Sie einen jungen Hahn hatten, der von Solomon gezeugt wurde.“

„Aber, Doc“, protestierte Johnny. „Sally hat an diesem Morgen früh ein Kalb bekommen. Wird das nicht einen Unterschied machen?“

„ Natürlich ist es das“, rief Peterson aus. „Und sie wird auf die gleiche Weise noch eine bekommen. Und das Gleiche gilt für alle anderen Kühe. Du bist diejenige, die mir erzählt hat, dass sie ihr Kalb durch künstliche Befruchtung bekommen hat, nicht wahr?“

Johnny nickte.

„Na ja, dann bekommt sie noch ein Kalb vom selben Bullen und die anderen Kühe auch.“

„Pore Sally“, sagte Barney traurig. „Sie nehmen dir bestimmt die Romantik aus der Mutterschaft.“

Am nächsten Tag waren die Wachen wieder am Tor. Am Nachmittag trafen zwölf schöne junge Guernseys ein, zusammen mit einer Truppe von Tierärzten, Biologen und Sicherheitspolizisten. Bei Einbruch der Dunkelheit befanden sich Sally und ihre Begleiter erneut in einem „heiklen Zustand“.

Eine Meile vom Ranchhaus entfernt wurde ein Schlafsaal für die Tierärzte und Biologen gebaut und eine Kaserne für das Sicherheitspersonal errichtet. Um die Weide herum wurde ein 35.000 Dollar teurer, zwölf Fuß hoher Maschendrahtzaun errichtet, der mit Stacheldraht überzogen war. Tagsüber patrouillierten Panzerwagen am Zaun und bewachten nachts die trächtigen Rinder im Stall.

Den ganzen Herbst über, in den langen Winter hinein und wieder zurück in den aufkeimenden Frühling, beobachtete und kümmerte sich eine Schar von Experten und Wächtern um die neue Herde mit aufgeblähten Kälbern.

Die Tatsache, dass Sally trocken geworden war, war ein sorgfältig gehütetes nationales Geheimnis. Um den Vorwand aufrechtzuerhalten und der Welt zu zeigen, dass Amerika immer noch die einzige bewährte Methode der bemannten Raumfahrt beherrscht, stimmten die Vereinigten Stabschefs dafür, zweihundert Gallonen des kostbaren, kleinen Milchvorrats für eine weitere interplanetare Reise auszugeben, und zwar für diese Zeit, die Ringe um Saturn zu untersuchen.

steuerte eine kleinere und anspruchsvollere, aber ebenso gut geschützte Version von *Icarus* und ließ die Fleischtöpfe der Erde und die Verehrung seiner von Küste zu Küste strömenden Anbetung von Frauen hinter sich, um erneut ins Unbekannte zu sausen.

„Es handelte sich ausschließlich um einen Milk Run", wurde Major Quartermain zitiert, als er nach einer ereignislosen, aber propagandistischen Reise sein Schiff verließ.

Mitte Mai waren sich die Tierärzte einig, dass der Liefertag der 4. Juli sein würde. Es wurden Pläne für den wiederholten atomaren Höhlenschuss am 3. Juli um 21:00 Uhr entworfen. Der trächtigen Herde sollten um Mitternacht wehenfördernde Impfungen verabreicht werden, und wenn alles gut ging, würde die Geburt innerhalb weniger Stunden beginnen. Um sicherzustellen, dass nichts die Kühe vor den Strahlen der Explosion schützte, wurden sie bis 21:30 Uhr, am Abend der Schießerei, in einem Pferch auf der Südseite des Stalls untergebracht.

Solomons Nachfolger und ein neuer Hühnerschwarm brüteten bereits im selben alten Hühnerstall und die Eierproduktion verlief normal.

In der Nacht des 3. Juli, genau um 21:00 Uhr, brach ein Lichtstreifen aus der Höhle am Hang von Nevada aus und der Boden bebte und grollte ein paar Meilen lang. Es handelte sich weder um eine gewaltige Explosion noch um den Originalschuss. Sechzig Meilen entfernt fraßen dreizehn Guernsey-Kühe einen Stapel frisches Heu und kauten zufrieden im Mondlicht.

Am nächsten Morgen um 3:11 Uhr kam das erste Kalb, dem in rascher Folge ein Dutzend weitere folgten.

Sallys Cloverdale Marathon III verlor am Unabhängigkeitstag um 4:08 Uhr morgens ihr Kalb.

Um 7:00 Uhr wurde sie gemolken und produzierte zweieinhalb Gallonen absolut klare, geruchlose, geschmacklose und nicht entzündliche Flüssigkeit. Elf andere Guernseys gaben sprudelnde, schäumende, cremige, reichhaltige Milch nach der anderen ab.

Die dreizehnte Kuh füllte zwei Eimer mit etwas, das wie schwacher Kakao aussah und nach abgestandenem Tee roch.

Doch als später am Morgen ein Geflügelspezialist der University of California mit weißen Hemden den Hühnerstall betrat, fand er in den

Nestern nichts als normale, weiße, frische Eier. Er kam schließlich zu dem Schluss, dass Salomos alter Harem es schon seit einiger Zeit wusste; Was auch immer Salomo geschenkt bekommen hatte, dieser neue Hahn hatte es einfach nicht.

Es ging ein Eilanruf ein, um ein Dutzend der kostbaren goldenen Eier zu den Testlabors weiter unten zu schicken.

Zwei Stunden später stand Dr. Peterson, umgeben von anderen Wissenschaftlern, vor einer Reihe von Videoüberwachungsmonitoren im Hauptquartiergebäude von Frenchman's Flat. Die Szene auf den Bildschirmen war das Innere eines riesigen Testgebäudes aus Stahl und Beton in mehreren Meilen Entfernung. Auf dem Boden des Gebäudes stand ein offener, gallonengroßer Glasbecher, gefüllt mit der neuen Version von Sallys Milch.

Direkt über dem geöffneten Becher befand sich ein trichterförmiges Gefäß mit dem Inhalt eines goldenen Eies.

Dr. Peterson griff nach einem kleinen Hebel. Per Fernbedienung würde der Hebel den Boden des Trichters schrittweise öffnen. Er drückte sanft und übte langsam Druck aus. Die Zuschauer schnappten unwillkürlich nach Luft, als ein winziges Rinnsal Eiflüssigkeit aus dem Trichter in Richtung des offenen Bechers fiel.

Instinktiv schlossen alle im Raum in Erwartung einer Explosion die Augen. Eine Sekunde später blickte Peterson vorsichtig auf den Bildschirm. Der Milchbecher war trübe blassblau geworden. Es zischte weder, noch explodierte es. Es saß einfach da.

Er holte einen weiteren Tropfen aus dem Trichter. Die zähe, glutenhaltige Masse plätscherte in den Becher und die Flüssigkeit wirbelte kurz herum und wurde undurchsichtiger , sodass sie einen eher bläulichen Farbton annahm.

Als klar war, dass keine Explosion bevorstand, brach ein Stimmengewirr durch den Raum.

Peterson ließ sich auf einen Stuhl in der Nähe fallen und starrte auf den Bildschirm.

"Was jetzt?" er stöhnte.

Das „Was" entwickelte sich zwölf hektische Stunden später, nachdem die Zeit zunächst mit dem Schütteln, Hüpfen und Strahlen der neuen Substanz nach außen verschwendet worden war, und es könnte sich eine latente Tendenz zum Abriss entwickeln.

Nachdem man sich davon überzeugt hatte, dass das, was sich im Becher befand, nicht explosiv war, wurde die Flüssigkeit schnell in sechzehn kleine Bechergläser mit einem Fassungsvermögen von einem halben Pint abgefüllt und zur möglichen Analyse in möglichst viele verschiedene Labore geschickt.

„Was ist mit den anderen Sachen?" Peterson wurde gefragt und verwies auf die bräunliche „Milch", die später als von einer zierlichen jungen Kuh namens Melody Buttercup Greenbrier IV stammend identifiziert wurde.

„Eins nach dem anderen", antwortete Peterson. „Lasst uns herausfinden, was wir hier haben, bevor wir uns auf das zweite Problem einlassen."

Um 21:00 Uhr an diesem Abend wurde Peterson in die Strahlungslabore gerufen. An der Tür wurde er von einem Physiker mit glasigen Augen empfangen, der ihn zurück in sein Büro führte.

Er bedeutete Peterson, sich zu setzen, und reichte ihm dann einen Stapel Fotopapiere und andere Diagramme. Auf jedem der Fotoblätter war ein klarer, weißer Umriss eines Testbechers zu sehen, der von einem durchgehenden schwarzen Feld umgeben war. Zwei der Papiere waren alle weiß.

„Ich glaube es nicht, Floyd", sagte der Physiker und fuhr sich mit den Händen durchs Haar. „Ich habe es gesehen, ich habe es getan, ich habe es getestet, es bewiesen und ich glaube es immer noch nicht."

Peterson durchblätterte den Stapel Papiere und wartete erwartungsvoll.

„Du glaubst was nicht, Fred?" er hat gefragt.

Der Physiker beugte sich vor und tippte Peterson mit den Papieren in die Hände. „Wir haben dieses verrückte Zeug jeder Quelle und jeder Art hoch- und niederenergetischer Strahlung ausgesetzt, die wir hier erzeugen können, und das bedeutet so ziemlich alles, außer ein H-Gerät darauf auszulösen. Wir haben Alphas, Gammas, Betas abgefeuert, die Werke, in breiter Streuung, konzentriertem Strahl und einfacher Belichtung.

„Nicht ein einziges Neutron von ihnen gelangte über das Glas hinaus, das diesen verlassenen Abhang umgab.

„Sie haben sich darum gekümmert, Floyd. Sie haben sich darum gekümmert."

Der Physiker lehnte seinen Kopf auf den Schreibtisch. „So sollte nichts reagieren", schluchzte er. Er bemühte sich um Fassung, während Peterson benommen auf die Testblätter starrte.

„Das ist nicht die ganze Geschichte", fuhr der Physiker fort. Er ging an Petersons Seite und holte die beiden ganz weißen Laken heraus.

„Das", sagte er gebrochen, „stellt ein Blatt Fotopapier dar, das in diese Masse getaucht und dann trocknen gelassen wurde, bevor es mit Strahlung bombardiert wurde. Und das", er winkte mit dem anderen Blatt, „ist ein Stück Fotopapier in der Mitte." einer Tafel, die durch ein weiteres Blatt gewöhnliches Schreibpapier geschützt ist, das mit diesem Zeug beschichtet ist.

Peterson sah zu ihm auf. „Eine strahlensichere Flüssigkeit", sagte er ehrfürchtig.

Der andere Mann nickte stumm.

„Acht Jahre Universität", flüsterte der Physiker vor sich hin. „Sechs Jahre in Sommerschulen. Vier Stipendien. Zehn Jahre in der Forschung."

„Alles in die Hölle geschossen", schrie er, „von einer stinkenden, Heu verbrennenden Kuh."

Peterson klopfte ihm sanft auf die Schulter. „Es ist alles in Ordnung, Fred. Nimm es nicht so hart. Es könnte schlimmer sein."

"Wie?" fragte er hohl. „Ist dieses Zeug von einem Känguru gemolken worden?"

Zurück in seinem Büro winkte Peterson ein Dutzend Anrufe ab, während er befahl, frische Mengen der blauen Milch in die Argonne-Labors zu bringen, wo weitere Strahlungstests durchgeführt und die Ergebnisse in Nevada bestätigt werden sollten. Er bestellte einen Testaufbau für die braune Flüssigkeit für den nächsten Morgen und nahm dann einen Anruf vom AEC-Kommissar entgegen.

„Ja, John", sagte er, „wir haben etwas."

Die Operation Milkmaid war in vollem Gange!

Am nächsten Morgen versammelten sich erneut Beobachter im Überwachungsraum, während Peterson sich darauf vorbereitete, die Tests anhand einer Probe der bräunlichen Milch der Melody zu wiederholen.

Es gab das gleiche unwillkürliche, entfernte Zucken, als der erste Tropfen Ei auf den Becher fiel, aber dieses Mal zwang sich Peterson, zuzusehen. Wieder war das leise Ploppen aus den Verstärkern zu hören und mehr nicht. Eine ähnliche Trübung breitete sich in der bereits trüben Flüssigkeit aus, und als der gesamte Inhalt eines Eies hinzugefügt worden war, nahm das Becherglas ein festes, braunes und völlig undurchsichtiges Aussehen an. Die Wissenschaftler beobachteten den Glasbehälter mehrere Minuten lang und erwarteten eine weitere mögliche verzögerte Explosion.

Als nichts geschah, nickte Peterson einem Assistenten an einer Nebenkonsole zu. Der Helfer betätigte eine Reihe von Hebeln und auf dem Bildschirm erschien ein ferngesteuerter mechanischer Arm. Die Klaue des Arms senkte sich über den Becher, umklammerte ihn sanft und ließ ihn leicht auf den Boden des Zementbunkers fallen. Das einzige Geräusch war das gedämpfte Geräusch des Glasbehälters auf dem Beton.

Der Assistent bewegte sanft seine Bedienelemente und der Becher wackelte ein paar Zentimeter über dem Boden hin und her.

Peterson, der genau zugesehen hatte, rief. "Mach das nochmal."

Der Bediener rüttelte an den Bedienelementen. „Sehen Sie sich das an", rief Peterson. „Das Zeug ist hart geworden.“

Eine schnelle Bewegung bestätigte dies und dann befahl Peterson, den Becher fünf Fuß über den Boden zu heben und langsam zu kippen. Der Behälter ging über, während sich die Klaue in ihrer Fassung drehte. Das Glas hatte sich fast um 180° zum Boden gedreht, als die gesamte erstarrte Kugel herausglitt.

Den Beobachtern stockte der Atem, als es auf den harten Boden fiel. Der Klumpen landete auf dem Boden, sprang ein paar Zentimeter hoch, fiel zurück, prallte erneut ab und kam dann zitternd zum Stehen. Was bald als Melody's Mighty Material bekannt sein sollte, war geboren.

Der Test begann. Aber es gab einen Unterschied. Als der braune Brocken aus dem Bunker entfernt wurde, war er so verfestigt, dass nichts mehr ihn zerbrechen oder zerschneiden konnte. Die Oberfläche gab der schwersten Schneide einer Motorsäge leicht nach und sprang dann ohne Spuren zurück. Ein Diamantbohrer drehte sich wirkungslos.

Also machte sich der ganze Block daran, die verschiedenen Labore zu besichtigen. Es war ein echter Jubel, dass Strahlungslabore keine Resistenzeigenschaften für das Zeug meldeten. Ein Test nach dem anderen bewies nichts, bis die Abteilung für physikalische Eigenschaften eine Idee hatte.

„Man kann es nicht schneiden, zerbrechen oder zerreißen", sagte der Techniker zu Peterson, während er das Stück des leichten Enigma in die Hand nahm. „Man kann es nicht verbrennen, keine Löcher hineinschießen oder auch nur die Oberfläche mit irgendeiner bekannten Säure markieren. Dieses Zeug ist härter als Stahl und etwa fünfzigmal leichter.“

„Okay", fragte Peterson, „was nützt es also?“

„Sie können es formen, indem Sie es mischen", sagte der Techniker vielsagend.

„Hey, du hast recht", sprang Peterson aufgeregt auf. „Ein aus diesem Material gegossener und mit Sallys Farbe beschichteter Abstandshalter wäre leicht genug und abgeschirmt genug, um mit normalem Raketentreibstoff zu funktionieren."

Die drei führenden Kunststofffabriken des Landes arbeiteten nach Crash-Prioritäten und stellten drei leichte, geformte Ein-Mann-Raumfahrzeuge aus dem von der Regierung bereitgestellten Melody's Mix her. Anschließend wurden die Rümpfe mit einer doppelten Schicht Sally's Paint überzogen und ein einstufiger Flüssigtreibstoff-Raketenmotor an den weniger als eine Tonne schweren motorlosen Rumpf angeschlossen.

Achtundzwanzig Tage nach dem ersten Erscheinen der Milch stand an einem warmen Augustabend das erste Fahrzeug auf den Landungsbrücken von Cape Canaveral, beleuchtet von Lichtertürmen. Die Treibstoffmannschaften waren mit dem Beladen der Tanks fertig, die beim Ausbrennen zusammen mit dem Motor abgeworfen werden würden. Im Inneren der Rakete saß Major Quartermain unbequem und verkrampft in der Startschlinge für einen kurzen, aber aufschlussreichen Flug durch die Van-Allen-Strahlungsfelder und zurück zur Erde.

Die Startschlinge befand sich in einer Rettungskapsel, da der Einsatz von chemischem Treibstoff viele der alten Unsicherheiten bei Starts mit sich brachte. Auf dem Rückflug würde Quartermain in 60.000 Fuß Höhe aussteigen und den riesigen Fallschirm der Kapsel ziehen, um sie langsam auf die Oberfläche des Atlantiks fallen zu lassen, wo eine Bergungsflotte bereitstand. Der Rumpf der leichten Rakete würde eine separate Rutsche öffnen und auch zur Bergung und Analyse nach unten driften.

Im Schiff schnupperte Quartermain die Luft und rümpfte die Nase. „Lass uns das Ding auf die Straße bringen", sprach er in sein Kehlkopfmikrofon. „Ein Teil der Florida-Luft muss hier eingedrungen sein."

„Vier Minuten bis zum letzten Countdown", antwortete die Blockhauskontrolle. „Schalten Sie für eine Sekunde Ihre Gebläse ein."

Außerhalb des Schiffes räumten die Treibstoffmannschaften ihre Ausrüstung von der Plattform weg. Der gleiche reife, schwere Geruch hing in der warmen Nachtluft.

Um 20:02 Uhr, achtundzwanzig Tage nach dem ersten Erscheinen der neuen Milks, legte Major Quartermain mit einem perfekten Start los.

Um 20:03 Uhr begannen die beiden anderen Melody-Mix-Rümpfe, die auf nahegelegenen Landeplätzen standen, zu schmelzen.

Um 20:04 Uhr stürzte das immer noch heulende Triebwerk vom hinteren Ende der Quartermain-Rakete in einem flammenden Bogen zurück zur Erde. Fünfzehn Sekunden später schleuderte er seine Rettungskapsel aus der einstürzenden Raketenhülle. Der Fallschirm öffnete sich und der mutige Astronaut schwebte dem Meer entgegen.

Gleichzeitig zerfielen in einem Dutzend Laboren im ganzen Land Blöcke und Formen von Melody's Mix, die aus dieser ersten Milchcharge hergestellt wurden, zu Haufen fauliger Glibber. Jeden Tag danach erreichten neuere Blöcke der Mischung die 28-Tage-Grenze und zerfielen ebenfalls in bösartige Blobs.

Es dauerte einen Monat, bis die stinkende, klebrige Masse, die über die Startrampen am Kap floss, von Besatzungen mit Atemschutzgeräten und Filtermasken beseitigt wurde. Es dauerte erheblich länger, bis die drei größten Kunststoffunternehmen des Landes wieder in Betrieb genommen wurden, da der stinkende Strom unfertiger Raketenteile Maschinen zerstörte und Personal aus der Region vertrieb.

Der Klumpen, der Quartermains Vehikel gewesen war, fiel langsam auf die Erde zurück und zerfiel jede Minute, bis er die Konsistenz von dünnem Brei erreichte. Zu diesem Zeitpunkt wurde es von einem Jet-Luftstrom erfasst und in einer miasmischen Wolke um die halbe Welt getragen, bis es schließlich herabschwebte und die russische Stadt Urmsk mit einem Schleier aus abscheulichem Geruch bedeckte. Die Vereinigten Staaten bestritten jegliche Kenntnis der Cloud.

„LAS VEGAS, NEV., 8. Mai (AP) – Die Atomenergiekommission gab heute bekannt, dass sie den letzten Tropfen aus der Operation Milkmaid herausgequetscht hat.“

„Nachdem es nach einem Jahr vergeblicher Experimente nicht gelungen ist, mehr als gute Milch der Güteklasse A von den beiden berühmtesten Kühen der Welt zu erhalten, hat die AEC nach eigenen Angaben ihr Feldlabor auf der Circle T-Ranch geschlossen.“

„Dr. Floyd Peterson, der für den Versuch verantwortlich war, Sally's Milk erneut zu reproduzieren, sagte Journalisten, dass die berühmte Guernsey und ihre Stallgefährtin Melody keine exotischen und nicht identifizierbaren Flüssigkeiten mehr verabreichten, die den Menschen kurzzeitig zu den Sternen fliegen ließen.“

„Eine Zeit lang sah es so aus, als hätten wir es in der Tasche", sagte Peterson. „Heute könnte man allerdings sagen, dass die Tests ein Euterversagen waren."

„In der Zwischenzeit hat der AEC-Kommissar in Washington …"

- 50 -

DAS ENDE